人生的舞台有多大

感动男孩的

这个成功故事

总策划/邢涛　主　编/龚勋

成功并不像你想象的那么困难
打开这本书，将自信、坚强、勇敢、乐观……
这些你最需要的旅途装备，一一装进行囊
坚持不懈，成功的光芒就会照耀着你

汕頭大學出版社

推荐序

青春路上的方向标

世界儿童基金会 林春富

迷路的航船有灯塔导航,迷路的人们有路标指路。可是,在青春路上迷惘的男孩女孩们,依靠什么来寻找方向?粗暴地训斥吗?NO!放任不管吗?NO,NO!让你们学会自我思考,再加上适当的引导才是正确的方法。这两本专为青春期的男孩女孩们准备的书就是最好的导航塔、方向标。

年轻的男孩们会遭遇风风雨雨,如果你还没找到挡风避雨的方法,让这套书来告诉你!年轻的女孩们如怒放的鲜花,如果你不知道如何让你的青春之花开得绚烂多彩,让这套书来告诉你!

这套书精选了百条篇中外精彩故事,这些故事能感动我们,这些故事能让我们学会善良、学会坚强、学会自信、学会乐观,学会在人生舞台上尽情挥洒梦想。

在成长的青春岁月里,我们可能会遭遇烦恼、挫折,甚至失败,但我们不再退缩、害怕,因为我们相信在导航塔、方向标的指引下,只要坚持走下去,梦想终会实现!

审定序

男孩女孩的最佳青春读本

中国儿童教育研究所 陈 勉

进入青春期的男孩女孩们，性别意识越来越强烈，性格特点也越来越明显。男孩们开始有了对成功的期盼，女孩们开始有了对完美的追求。可是如何去实现这些目标，又让他们有些茫然不知所措。

这套书一本送给男孩，一本送给女孩。两本书分别从男孩和女孩的性别特点出发，精选适合他们阅读的各种富有人生哲理的小故事。这些故事意境深远，引人深思。这些故事有助于男孩女孩们确立自己的目标，并为实现这个目标坚持不懈地去努力，也许过程充满艰辛，可是成长的岁月却因为这些梦想和艰辛而充满激情与欢乐。

此外，书中每则故事都有配图，绘图的精美程度足见编者的用心。希望每位读者在阅读这套书的同时，不仅被故事所感动，也会因精彩的插图而身心愉悦！

当你读完这些小故事，合上书本，向前眺望时，前方的路是否已变得清晰可见，不再被浓雾遮挡？请迈开脚步，朝着目标，坚定勇敢地前进吧！

♥人生的舞台有多大……

前 言
Foreword

在成长的历程中，男孩们总被一些沐浴着人性光辉和昭示成功哲理的故事打动，它们像一道道闪电划过人生的长空，用信仰、坚持、勇敢、善良来鼓舞和激励男孩，使他们开始思考人生、追赶成功。为此，我们选取了近100个感人至深、蕴含丰富哲理的成功故事，编成这本《感动男孩的100个成功故事》。

本书题材广泛，内容丰富，包括气质修养、社交礼仪、处世谋略等方面的故事。这些故事浅显易懂、感人肺腑、催人奋进，能够开启男孩们的心智，激励他们走向成功。为了帮助孩子们阅读，我们给每一则故事提炼出一条成功哲理，让孩子们在品读故事的过程中，有所思、有所得。此外，我们还根据故事情节，绘制了精致素雅的插画，图文并茂地展示故事及孩子们成长岁月中的点点滴滴。

愿我们的小小努力，能为孩子们点燃一盏心灯，照亮他们的成功之路，也希望这本书能够成为孩子们成长路上的好伙伴。希望孩子们不仅能从中感受到生活的光明和美好，还能够学习并培养成功者应具备的基本品质：乐观向上、坚韧不拔、诚实守信。

目录
Contents

1	爱拼才会赢	42	第二十一个
3	暗示的力量	44	鹅卵石
5	把聪明放在"褡裢"的后面	46	二十年前的作业
7	把斧子卖给总统	48	飞翔的故事
9	把梦想交给自己	50	风中的木桶
11	白痴画家的启示	52	富翁和狼
13	保留你的思想	54	给自己更大的挑战
17	比打耳光更有力量	56	给自己信心
19	毕业的礼物	58	给自己一片悬崖
21	诚实的拒绝	60	工钱
23	成功并不像想象的那么难	64	贵在磨炼
25	成功的最佳位置	66	还有一个苹果
27	诚实的空花盆	68	好人与坏人
29	从不说他做不到	70	和父亲掰手腕
32	从清扫工开始	72	黑人州长罗尔斯
34	从小事做起	74	呼吸天地间的真理
36	当一块石头有了愿望	76	换只手举高你的自信
38	等什么？马上就做！	78	机会总爱乔装成麻烦
40	地图的另一面	80	卡内基主动出"机"

快乐的奥秘	82
克制	84
劣势与优势	86
邻居家的餐桌上总有肉	88
另一扇梦想之门	90
另一种成功	94
溜冰的启示	96
埋葬"我不能"启示	98
买件红外套穿	100
麦当劳的礼物	102
没有人能独自成功	106
每一个脚印都是你自己走的	108
美好生活从选定方向开始	110
梦想的价值	112
命运是你写在脸上的表情	114
那袋沉沉的苹果	116
你必有一样拿得出手	118
你尽力了吗	121
你就是自己的神	123
排在最后	125
牌是上帝发的	127
勤奋、智慧的人	129
人生开关	131
如何面对不及格	133
如何"弄"钱	135
三本记分册	137
善心可依	139
上帝给他一只老鼠	141
"上铺"和"下铺"的故事	143
永远的一课	145
用上所有的力量	148
智者的建议	150

人生的舞台有多大……

在这里，你将感受到成长的点滴；在这里，你将收获心灵的感动；在这里，你将撷取成功的智慧。请相信，心有多大，人生的舞台就有多大。

爱拼才会赢

积极的心态能鼓舞一个人从失败中崛起，夺得最后的胜利。

撰文/刘烨

世界游泳冠军摩拉里的成长过程，就是一个以积极心态助人成长的例子。早在少不更事守着电视看奥运比赛的年纪，他的心中就充满了梦想，梦想着即将到来的鏖战时刻。

1984年洛杉矶奥运会前夕，摩拉里已经跻身于最优秀的参赛运动员之列。令人遗憾的是，在赛场上，他发挥欠佳，只获得一枚银牌，与冠军擦肩而过。但他没有灰心丧气，从光荣的梦想中淡出之后，他把目标瞄准了1988年的汉城奥运会。

然而，他的梦想在汉城奥运会预选赛上就已经宣告破灭，他被淘汰了。跟大多数人在受挫情况下的反应一样，他变得沮丧，有三年的时间，他很少游泳，那成了他心中永远的痛。

但在摩拉里的心中，自始至终都有股燃烧的烈焰，他没法完全把它扑灭。离1992年巴塞罗那奥运会还有不到一年时间了，他决定孤注一掷。在游泳比赛中，三十多岁就算是高龄了，而且摩拉里脱离体育运动已久，再在百米蝶泳的比赛中与那些优秀的年轻选手们拼搏，就像是拿着枪矛戳风车的唐吉诃德一样，有些不自量力。

在预赛中，他的成绩比世界纪录慢一秒多，因此，他努力为自己增压打气，希望在决赛中能取得好成绩。在决赛时，他的速度果然是不可思议地快，一路遥遥领先。他不仅夺得了冠军，还打破了世界纪录。

一个人的内心蕴藏着无穷无尽的力量，若是自甘埋没，认为这是我不热衷的，那是我不擅长的，为了避免失败和挫折而放弃一些难得的机会，就会埋没自己的才能。只有敢于挺身而出，勇敢地面对挫折和磨难，把心中所有的意念都浓缩到一点，才能屡败而屡战，屡战而屡胜。

暗示的力量

没有自信，就没有成功。

撰文/鹿鸣

美国是移民的天堂，但天堂里也有数不清的失意者，那年已经三十多岁的亨利就是其中的一个。

他靠失业救济金生活，整天无所事事地躺在公园的长椅上，无奈地看树叶飘零云朵飞走，感叹命运对自己的不公。有一天，他儿时的伙伴切尼告诉他："我看到一本杂志，里面有一篇文章，说拿破仑有一个私生子流落到了美国，并且这个私生子又生了好几个儿子，他们的全部特征跟你相似，个子矮小，讲一口带法国口音的英语。"

"真的是这样吗？"亨利半信半疑，但他还是相信这一切是真的。他掏出口袋里全部的钢镚儿，用汉堡加可乐招待了切尼。

有很长一段时间，亨利总是在念叨："我真的是拿破仑的后代？"渐渐地，他挥之不去的意念终于使他相信这是事实。

于是，亨利的人生整个被改变了。以前他因为个子矮小而自卑，现在他却因此而感到自豪：我爷爷就是以这种形象指挥千军万马的。以前他总觉得自己的英语发音不标准，像个令人讨厌的乡巴佬，现在他却认为自己带一点法国口音的英语悦耳动听。在下决心开创一番事业的时候，因为是白手起家，他遇到了无数难以想象的困难，但他却总是充满信心。他对自己说，在拿破仑的字典里找不到"难"这个字。就这样，凭自己是拿破仑后代的信念，他克服了重重困难，成为了一家大公司的董事长，而且在他以前经常闲逛的公园对面，盖了一座30层的办公大楼。

在公司成立十周年的日子里，他请人去调查自己的身世，结论是他不是拿破仑的孙子。但亨利并没有因此而感到沮丧，他说："我是否是拿破仑的孙子已经不重要了，重要的是我明白了一个成功的道理：当你相信时，它就是真的。"

把聪明放在"褡裢"的后面

聪明与否,只是人生的起点,而人生的成败取决于中途和终点。

撰文/佚名

著名的心理学大师弗洛伊德曾经讲过一个很经典的故事:

约翰和汤姆是邻居,他俩从小就在一起玩耍。约翰是个聪明的孩子,学什么都是一点就通。他也知道自己的优势,自然也就颇为骄傲。汤姆的脑子没有约翰灵光,所以尽管他很用功,但成绩却总是难以进入前10名。与约翰相比,汤姆常常觉得很自卑。然而,他的母亲却总是鼓励他:"如果你老是以他人的成绩来衡量自己,你终生也不过是一个'追逐者'。要知道,奔驰的骏马尽管在开始的时候总是呼啸在前,但最终抵达目的地的,却往往是充满耐心和毅力的骆驼。"

岁月如梭,约翰虽然自认为是个聪明人,但他的一生业绩平平,没能成就任何一件大事。而自觉很笨的汤姆却从各个方面充实着自己，一点一点地超越自我，最终成就了非凡的事业。约翰愤愤不平，以至郁郁而终。他的灵魂飞到了天堂后，他质问上帝："为什么？我的聪明才智远远超过了汤姆，我应该比他更伟大才是，可你为什么让他成为了人间的卓越者呢？"

上帝笑了笑说："可怜的约翰啊，你至死都没能弄明白，我把每个人送到世上的时候，都在他生命的'褡裢'里放进了同样的东西，只不过我把你的聪明放到了'褡裢'的前面，你因为看到或者触摸到了自己的聪明而沾沾自喜，以至误了你的一生！而汤姆的聪明却放在了'褡裢'的后面，他因为看不到自己的聪明，所以只能仰头看着前方，这就使他一生都在不自觉地迈步向前！"

是的，每一个人都应该永远记住这个真理——聪明与否，只是人生的起点，而人生的成败则取决于中途和终点。

把斧子卖给总统

一旦我们失去自信，许多事情就难以做到。

撰文/蒋光宇

布鲁金斯学会创建于1927年，以培养世界上最杰出的推销员著称于世。该学会有一个传统，在学员毕业时，会设计一道最能体现推销员能力的实习题，让学生去完成。

克林顿当政期间，布鲁金斯学会给学员们出了这样一道题：请把一条三角裤推销给现任总统。8年间，无数学员为此绞尽脑汁，可最后都无功而返。克林顿卸任后，布鲁金斯学会把题目换成：请将一把斧子推销给小布什总统。

鉴于前8年的失败与教训，许多学员知难而退。个别学员甚至认为，这道毕业实习题会和克林顿当政期间的那道实习题一样毫无结果，因为现在的总统什么都不缺。

然而，乔治·赫伯特却做到了，并且没有花多少功夫。

一位记者在采访赫伯特的时候，他是这样说的："我认为，将一把斧子推销给小布什总统是完全有可能的，因为他在德克萨斯州有一座农场，里面长着许多树。于是我给他写了一封信，我说，有一次，我有幸参观了您的农场，发现里面长着许多矢菊树，有些已经死掉，木质已变得松软。我想，您一定需要一把小斧头。但是从您现在的体质来看，这种小斧头显然太轻，您需要一把不甚锋利的老斧头。现在我这儿正好有一把这样的斧头，它是我祖父留给我的，很适合砍伐枯树。假如您有兴趣的话，请按这封信所留的信箱给予回复……最后他就给我汇来了15美元。"

乔治·赫伯特成功后，布鲁金斯学会把一只刻有"最伟大的推销员"的金靴子奖给了他。学会在表彰赫伯特时这样说：金靴子奖已空置了26年，在这26年间，布鲁金斯学会培养了数以万计的推销员，造就了数以百计的百万富翁，这只金靴子之所以没有授予他们，是因为我们一直想寻找这么一个人——他不会因为有人说某一目标不能实现而放弃，不会因为某件事情难以办到而失去自信。

把梦想交给自己

牢牢把握自己的梦想，才能找到属于自己的成功。

撰文/琴琴

19世纪初，美国一座偏远的小镇里住着一位远近闻名的富商，他有个19岁的儿子叫伯杰。一天晚餐后，伯杰看见窗外站着一个贫穷的青年。

他走下楼去，问那个青年为何长时间站在那里，青年忧郁地对伯杰说："我梦想能拥有一座宁静的公寓，晚饭后能站在窗前欣赏美妙的月色。可是这些对我来说太遥远了。"伯杰问："那么，离你最近的梦想是什么？""躺在一张宽敞的床上舒服地睡上一觉。"伯杰拍了拍他的肩膀说："今天晚上我可以让你梦想成真。"于是，伯杰领他走进了自己的房间，让他当晚睡自己那张豪华软床。

第二天清晨，伯杰早早就起床了。他轻轻推开自己卧室的门，却发现床上的一切都整整齐齐的，分明没有人睡过。伯杰疑惑地走到花园里，他发现那个青年正躺在花园的一条长椅上。伯杰问："你为什么睡在这里？"青年笑笑说："你给我这些已经足够了，谢谢……"说完，青年走了。

　　30年后的一天，伯杰受邀参加一个湖边度假村的落成庆典。在那里，他看到了即兴发言的庄园主——名声显赫的钢铁大亨特纳。

　　"今天，我首先感谢的是在我成功的路上，第一个帮助我的人伯杰……"说完，他走到伯杰面前，并紧紧地拥抱他。此时，伯杰才恍然大悟，原来特纳就是30年前那位贫困的青年。酒会上，特纳对伯杰说："当年你把我带进卧室时，我真不敢相信梦想的东西就在眼前。那一瞬间，我突然明白，那张床不属于我，我应该远离它，我要把梦想交给自己，去寻找真正属于我的那张床！现在我终于找到了。"

白痴画家的启示

排除一切干扰，执著于自己喜欢的事情，成功就不会太远。

撰文/智若愚

有一个白痴孩子，他的名字叫理查·范辅乐。每个人见了他都会烦，包括他的父母，没有人能教育他。父母把他送进一家儿童教养中心，在课堂上他不时发出像警车一样呜呜的叫声，手里一刻不停地玩弄着各种东西。老师叹道：这孩子没救了，让他自生自灭吧！

一天，理查发现地上有支笔，他捡起来，不断在地上画着线条。他觉得这件事挺有趣，第二天又继续画。

细心的老师发现了他画的这些线条，惊呼道："天哪！他竟然会画画。"其实，这些线条并不是画。但是，一个白痴儿童能画出圆形、方形的轮廓，足以让人惊讶了。老师顺应了他的兴趣，送给他不同颜色的水笔。小理查兴趣更浓了，他在地上画，在纸上画，每天除睡觉之外，都在不停地画。没有人指导他，他的世界里只有他自己和他的水笔。

10年后，他的画被拿到拍卖会，结果竟意外地被卖了出去，他赚了16英镑，而且被许多资深画家看好。他就这样一举成名。后来，他的作品在欧洲和北美展出过100多次，卖出了1000多幅，每幅的售价是2000美元。

许多人都在感叹一个白痴竟然可以成为画家，但谁都忽略了这样一个细节：他眼里没有其他的诱惑和干扰，只有他的水笔，即使在吃饭的时候也握着它，有几个正常人能做到？

一个白痴画家，让我们真正看到了执著的巨大力量。

保留你的思想

思想即灵魂，无论何时何地都要保留并坚持。

撰文/理查德·M.德沃斯

电动机工业大厂的培训部主任梅尔瓦因对选拔人才有敏锐的嗅觉，能在为数众多的应试者中嗅出他所需要的人。他择优录取的方法简单而有效，因为他总能想出一些新招来选出他想要的人。

现在正有一些年轻的小伙子等候在他的门前，他们穿着从厂方借来的装配工工装。弗兰茨·贝尔纳，一个17岁的中学生就站在他们中间，他的父亲在战争中阵亡，他是唯一拿不出介绍信的人。

当他们敲梅尔瓦因先生办公室门的时候，梅尔瓦因正坐在自己的写字台边喝咖啡。小青年们敲了半天门，得不到回音，他们面面相觑，又贴门倾听，还是毫无声响！于是，弗兰茨壮起胆子说："没准他没听见，我再敲一下试试！"

其他青年耸耸肩头，他爱干就干吧！于是，弗兰茨又敲敲门，屋子里传来了一阵恼怒的骂声。

"他说什么？"这时弗兰茨没把握了。"他好像是在说，进来吧！"另一个人答道。

于是，弗兰茨按动门把手，门开了一条缝，小青年们都站在门框里。"一群脸皮厚的东西！我说了不要打扰我，难道你们没有耳朵吗？"写字台旁边传来了暴跳如雷的吼叫声，小青年们不由地往后退缩了一下。

"嗯，怎么不吭气了？快说呀！"弗兰茨往前跨了一步："是别人派我们来的，请您原谅！我们还以为您是让我们进来呢。"

"噢？谁派你们来的？那你们就没学会等一等？给我滚到外面去等着！难道你们没有看见我正忙着吗？"

门"砰"地一声关上了。小青年们愤愤地议论着,坐到了一张长椅上。"老不死的!"有人还骂了梅尔瓦因一句。

过了好半天,梅尔瓦因才让他们进去。这时,他终于变得有点人情味了。梅尔瓦因的提问简短而精当,并且要求别人也用同样的风格回答他的问题。

"你们懂得刚才的教训了吗?"他出其不意的问。小青年们显得有点惶恐,嗫嚅地嘀咕着。

"你们大声说呀!"一个人回答道:"当然是您做得对!"梅尔瓦因的面孔深不可测,他严厉地盯住弗兰茨:"你是怎么看的?"弗兰茨坚定地回答:"我不这么认为!我们不是想打扰您。我们只是没听清楚您的话,当时我们还以为您是叫我们进来呢。"

"你大概就是这么想的,对么?""是的。"

"孩子,你要记住这一点:要想,你还是让马去想吧,马的脑袋叫比你大得多!"弗兰茨的脸庞"唰"地一下涨得通红。其他的应考者笑了起来,笑声里既有一点讨好的意味,还有一点幸灾乐祸。

梅尔瓦因先生仍然毫不留情地问:"我说的不对吗?""不对!我绝不让人控制我的思想!""噢,那好,这个问题咱们再谈谈,别的人都可以走了,过后你们会接到通知的。这位'思想家'还要在这里多留一会儿。"

应考者们鞠了一个完美无缺的大躬，离去了。他们那放肆的笑声对弗兰茨来说意味深长，而经验丰富的梅尔瓦因是再清楚不过了。

门刚刚关上，梅尔瓦因先生就拍拍弗兰茨的肩膀："孩子，你能坚持自己的想法，真是好样的！好好保留你这种精神吧！这对你的一生都会有用的。"

弗兰茨难以置信地盯着眼前的这位男子，只见他笑着对自己说："你被录取了！复活节以后就开始来我们这儿干吧！"

比打耳光更有力量

宽容与谅解往往比暴虐与威严更有力量。

撰文/马付才

巴西球王贝利出生在一个贫寒的家庭，他的父亲是一个因伤退役、穷困潦倒的足球队员。贝利从小就显现出非凡的足球天赋，他经常光着黑瘦的脊梁，在家门前那条坑坑洼洼的小街上赤着脚练球。尽管经常摔得皮开肉绽，但他仍然不停地向着想象中的球门冲刺。

渐渐地，贝利有了点儿名气，经常有人跟他打招呼，给他敬烟。像所有未成年人一样，贝利喜欢吸烟时那种"长大了"的感觉。终于有一天，当贝利在街上向人要烟时被父亲看见了。父亲的脸色很难看，贝利看到父亲的眼睛里有一种忧伤，还有恨铁不成钢的怒火，他低下了头。

父亲问："你抽烟多久了？"贝利小声为自己辩解："我只吸过几

次……"父亲打断了他的话说:"烟味道好吗?我没抽过,不知道到底是什么味道。"贝利说:"我也不知道,其实并不太好。"贝利说话的时候,突然绷紧了浑身的肌肉,手不由自主地往脸上捂去,因为他看到父亲猛地抬起了手。但是,那并不是贝利预料中的耳光,而是……父亲把他搂在了怀中。

父亲说:"你踢球有点天分,也许会成为一名高手,但如果你抽烟、喝酒,那就到此为止了。因为,你将不能在90分钟内保持一个较高的水准,这事由你自己决定吧。"父亲说完,又掏出几张皱巴巴的纸币说:"你如果真想抽烟,还是自己买的好,总跟人家要,太丢人了,你买烟要多少钱?"

贝利感到又羞又愧,他抬起头来,看到父亲已是泪流满面……后来,贝利再也没有抽过烟,他通过勤学苦练,终成一代球王。

多年以后,贝利仍不能忘记父亲当年那温暖的怀抱,他说:"那个温暖的拥抱,比给我多少个耳光都更有力量。"

毕业的礼物

要常常怀着一颗感恩的心，感谢身边的人，感谢他们对我们的点滴关怀。

撰文/吴跃明

四年同窗，就要分别，不少人都在准备送给同学的毕业礼物。我发现只有林志默默地坐在一边。我知道他来自边远的山区，家里穷，没有什么钱买礼物送给同学。

看到他这样，我们停止了谈礼物的事。他见我们沉默了，就笑笑说："我也要给大家一份礼物。"我们劝他："没必要啊，有这份心意就行了。"他说："我是真心的。"

林志和我是一个寝室的。四年来，我们朝夕相处，因此他的情况我比较清楚。每次开学的时候，他都会从家里带两罐子腌咸菜来，不为别的，就为下饭。每天吃饭时，他只打饭，然后回寝室吃他的腌咸菜。尽管如此,他还是节省着吃,尽量让腌咸菜吃得久一点。可再怎么节省也吃不了一学期呀。看到他学期末吃白饭,同学们都会自觉地资助一点饭菜票给他。冬天的时候,他穿着单薄,同学们会把自己的衣服送一些给他。可以说,班里的每一位同学都给过他帮助。

虽然家境贫寒,可林志学习很用功,而且,他还会把自己的点滴感受写成文字,寄到报社发表,用得到的稿费来交学费或买书。

毕业典礼就在我们的教室举行,同学们互写赠言、互送礼物,依依惜别。这时候,林志抱着一摞笔记本进来了。怎么这么俗呀?都毕业了,还给大家送笔记本?他没理会大家,往每人手里塞了一本。然后,走上讲台,打开笔记本,说:"我精选了35篇自己发表的作品,复印并贴成了35个笔记本送给人家。大家给我的关怀和帮助我无以回报,但这些真挚的情感会一辈子留在我心里!"说完,他已是热泪盈眶。

静,静得可以听到心跳的声音。这个特殊的礼物,使我们之间的友情变得更加珍贵了。

诚实的拒绝

诚实的拒绝好过善意的谎言。

撰文/张翔

前些天，一个建筑公司的朋友跟我谈起他刚刚失之交臂的生意时，扼腕叹息，颇感遗憾。

那是法国的一家服装公司，想到深圳来做一次展销会，需要搭建一个规模很大的舞台，于是找到朋友的公司。同时，这家法国公司也找了另一家德国独资的建筑公司，作为备选。策划文件出来之后，我的朋友准备与客户商谈。而在此之前，他早已悄悄摸清了德国建筑公司的工程计划，对方预计的完成时间是20天。我朋友估计了一下，这也正是完成这项工程必需的最短时间。显然，这样他就不占有明显的优势了。于是，他就将原计划的搭建时间强行改成了16天，整整压缩了4天。这就意味着他得以超常的速度和强度去完成这个任务。他认为只有这样，才能握有胜券。

然而，结果却出乎他预料，因为客户最后选择了那家德国建筑公司，而且还给了对方整整25天的时间。他很诧异于这样一个结果，于是特意上门听取意见。对方解释说：我们在全世界的许多大都市都进行过同样的展销会，搭建的都是同样的舞台，所有的经验和数据表明，搭建好这样一个舞台至少需要20天。而你给出的16天的计划显然不切合实际，让我们缺乏足够的安全感。

朋友顿时恍然大悟，懊悔不已。他明白了，在这个竞争激烈的商业社会里，人们追求的不单纯是速度，还需要有足够的安全感。

成功并不像想象的那么难

只要不放弃努力，就一定会找到成功的机会。

撰文/刘燕敏

1965年，一位韩国学生到剑桥大学主修心理学。他常利用喝下午茶的机会到学校的咖啡厅或茶座听一些成功人士聊天。这些成功人士包括诺贝尔奖获得者、某些领域的学术权威和一些创造了经济神话的人，他们幽默风趣，举重若轻，把自己的成功都看得非常自然和顺理成章。时间长了，他发现，自己被国内的一些成功人士欺骗了。那些人为了让正在创业的人知难而退，普遍把自己的创业艰辛夸大了，也就是说，他们在用自己的成功经历吓唬那些还没有取得成功的人。

作为心理系的学生，他认为很有必要对韩国成功人士的心态加以研究。1970年，他把《成功并不像想象的那么难》作为毕业论文的题目，并将论文提交给了现代经济心理学的创始人威尔·布雷登教授。布雷登教授读后，大为惊喜，他认为这是个新发现，这种现象不仅在东方甚至在世界各地都普遍存在，但此前还没有一个人大胆地提出来并加以研究。惊喜之余，布雷登教授写信给他的剑桥校友、当时正坐在韩国政坛第一把交椅上的人——朴正熙。他在信中说，"我不敢说这部著作将会对你有多大的帮助，但我敢肯定它将比你的任何一个政令都更能产生震动。"

后来这本书果然伴随着韩国经济的起飞而热销了。这本书鼓舞了许多人，因为它从一个新的角度告诉人们，成功与"劳其筋骨，饿其体肤"、"三更灯火五更鸡"、"头悬梁，锥刺股"没有必然的联系。只要你对一件事情感兴趣，长久地坚持做下去就有可能成功，因为上帝赋予你的时间和智慧足够你圆满地做完一件事情。后来，这位青年也获得了成功，他成了韩国泛亚汽车公司的总裁。

成功的最佳位置

通往成功的路有千万条，关键是要找准最适合自己的那一条。

撰文/佚名

迈克在求学方面一直遭遇失败与打击。高中毕业时，校长对他母亲说，理解能力奇差的迈克并不适合读书。母亲很伤心，她把迈克领回家，准备靠自己的力量把他培养成才。

一天，迈克路过一家超市时发现有一个人正在超市门前做雕塑，迈克好奇地凑上前去，用心地观赏起来。

不久，母亲发现迈克迷上了雕塑，心里很着急，她不希望他因玩弄这些东西而耽误学习。迈克只得听从母亲的吩咐而继续读书，但同时又不放弃自己的爱好。

迈克最终还是让母亲失望了，没有一所大学肯录取他，哪怕是本地并不出名的学院。母亲对迈克说："你走自己的路吧，没有人会再对你负责，因为你已长大！"迈克觉得在母亲眼中他是一个彻底的失败者，他很难过，决定远走他乡寻找自己的事业。

许多年后，市政府为了纪念一位名人，决定在市政府门前的广场上置放名人的雕像。众多的雕塑大师纷纷献上自己的作品，以期望自己的大名能与名人联系在一起，这将是难得的荣耀和成功。

最终，一位远道而来的雕塑大师获得了市政府及专家的认可。在开幕式上，这位雕塑大师说："我想把这座雕塑送给我的母亲，因为我读书时没有获得她期望中的成功，我的失败令她伤心失望。现在我要告诉她，大学里没有我的位置，但生活中有我的一个位置，而且是成功的位置。我想对母亲说的是，希望今天的我至少不会让她再次失望。"

这个人当然就是迈克。在人群中，迈克的母亲喜极而泣。她知道迈克并不笨，她当年只是没有把他放对位置而已。

诚实的空花盆

诚实是做人的根本，不诚实的人永远得不到别人的信任，更不能被委以重任。

撰文/佚名

法国有一位受人民爱戴的国王，把国家治理得井井有条，使人民安居乐业。国王的年纪逐渐大了，但他并没有儿女，于是他决定，在全国范围内挑选一个孩子收为义子，并把他培养成自己的接班人。

国王的选子标准很独特，他给孩子们每人发一些花种子，然后宣布，谁用这些种子培育出美丽的花朵，那么谁就成为他的义子。

孩子们领回种子后，开始精心培育，谁都希望成为幸运者。有个叫哈定的男孩，也在精心培育他领到的花种。但是，一个月过去了，花盆里的种子连芽都没冒出来，更别说开花了。

国王决定的观花日子到了。无数个穿着漂亮衣裳的孩子都拥上街头，他们的手里捧着盛开着鲜花的花盆，用期盼的目光望着国王。国王环视着花朵和穿戴整齐的孩子们，并没有大家想象中的那样高兴。

忽然，国王看见了端着空花盆的哈定。只见他无精打采地站在那里，眼里还含着泪花，国王上前问他："你为什么端着空花盆呢？"

哈定抽咽着把自己如何精心照料花种，但它们怎么也不发芽的经过说了一遍。接着他还说，这是报应，因为他曾在别人的花园里偷过一个苹果。

没想到国王的脸上却露出了笑容，他把哈定抱了起来并高声说："孩子，我找的就是你！"

"为什么是这样？"大家不解地问国王。

国王说："我发的种子全部是煮过的，根本不可能发芽开花。"

捧着鲜花的孩子们都低下了头，因为他们全都换了种子。

从不说他做不到

在生活中树立必胜的信念，不要轻易说"我不行"。

撰文/凯西·拉曼库萨

我的儿子琼尼降生时，双脚向上弯着，脚底靠在肚子上。我是第一次做妈妈，觉得这看起来很别扭，但并不知道这将意味着小琼尼先天双足畸形。

医生向我们保证说经过治疗，小琼尼可以像常人一样走路，但像常人一样跑步的可能性微乎其微。

琼尼三岁之前一直在接受治疗，和支架、石膏模子打交道。经过按摩、推拿和锻炼，他的脚果然渐渐康复。七八岁的时候，他走路的样子已经让人看不出他的脚有过毛病。

但要是走得远一些，比如去游乐园或去参观植物园，小琼尼就会抱

怨双脚疲累酸疼。这时候我们会停下来休息一下,来点儿苏打汁或蛋卷冰淇淋,聊聊看到的和要去看的。我们没有告诉儿子,为什么他的脚会细弱酸痛。由于我们没对他说,所以他不知道。

邻居的小孩子们做游戏时总是跑来跑去,毫无疑问,小琼尼看到他们玩就会马上加进去跑啊闹啊。我们从未告诉他他不能像别的孩子那样跑,我们也从不说他和别的孩子不一样。由于我们没对他说,所以他不知道。

七年级的时候,琼尼决定参加横穿全美的跑步比赛。每天他和大伙一块儿训练,也许是意识到自己先天不如别人,他训练得比任何人都刻苦。虽然他跑得很努力,可总是落在队伍后面。我们没有对他说不要期望成功。训练队的前七名选手可以参加最后比赛,为学校拿分。我们没有告诉琼尼，也许他的梦想会落空。由于我们没对他说，所以他不知道。

琼尼每天都坚持跑四至五英里。我永远不会忘记，有一次他发着高烧，但是仍然坚持训练。我一整天都在为他担心，盼着学校会打来电话让我去接他回家，但没有人给我打电话。

放学后我来到训练场，心想我来了，琼尼兴许就不参加晚上的训练了。但我发现他正一个人沿着长长的林荫道跑步呢。我在他的身旁停下车子，之后慢慢地驾着车跟在他的身后。我问他感觉怎么样，"很好。"他说。

还剩下最后两英里。他满脸是汗，眼睛因为发烧而失去了光彩。然而他目不斜视，坚持跑了下来。我们从没有告诉他不能发着高烧去跑四英里的路，我们从没有这样对他说，所以他不知道。

两个星期后，在决赛前三天，长跑队的名次被确定下来。琼尼是第六名，他成功了。他才是个七年级学生，而其余的人都是八年级学生。我们从没有告诉他不要去期望入选，我们从没有对他说他不会成功。是的，从没说起过。所以他不知道，但他却做到了！

从清扫工开始

做任何事情，我们都必须从最基本的开始，只有脚踏实地，才能够走向成功。

撰文/佚名

　　维斯卡亚公司是20世纪80年代美国最出色的机械制造公司。公司的丰厚待遇对众多人才有诱惑力。但由于竞争残酷，以及公司招人谨慎，使得几乎所有的应聘者都扫兴而归。只有史蒂芬是个例外。

　　史蒂芬是哈佛大学机械制造业的高材生。为了进维斯卡亚重型机械制造公司，他采取了一个"瞒天过海"的策略——假装清扫工。

　　他先找到公司人事部，提出为该公司无偿劳动的要求，无论公司分派给他任何工作，他都不计报酬地完成。公司起初觉得这简直不可思议，但考虑到不用任何花费，也用不着操心，于是分派他到车间清扫废铁屑。一年来，史蒂芬勤勤恳恳地重复着这个简单而劳累的工作。虽然他得到了老板及工人们的喜爱，但仍然没有一个人提到录用他的问题。

90年代初，公司的产品质量严重下滑，公司董事会为了挽救颓势，紧急开会商议对策。这时，史蒂芬闯入会议室，并发表了意见。

在会上，史蒂芬对这一困境出现的原因做了令人信服的分析，并拿出了产品的改造设计图。这个设计非常先进，既保留了原来机械的优点，又克服了已出现的弊病。总经理及董事们见这个编外清扫工如此精明在行，又得知他有扎实的专业背景，当即聘他为负责生产的副总经理。

原来，史蒂芬在做清扫工时，细心察看了公司各部门的生产情况，并做了详细记录，发现了存在的问题并想出了解决的办法，为在关键时刻一展才华奠定了基础。

万丈高楼平地起。万事万物，往往是既要从大处着眼，又要从小处着手，我们无论做什么事情都不可好高骛远。只有踏踏实实地从最基本的做起，才可能获得最终的成功。

从小事做起

每一个"大事业"都是由许多小事组成的，只有做好小事，才能成就大事业。

撰文/佚名

一天，一场倾盆大雨使房檐下的天沟堵塞了，雨水顺着屋瓦直泻而下，将院子弄成了一片池塘。罗伯特让儿子搬梯子去清理天沟，使水能从排水管流走。

"天沟里又臭又脏，还有马蜂，上次清理时，我就被马蜂蜇过，请几个工人就行了，干嘛偏让我去干这无用的活。"儿子一边干一边抱怨道。罗伯特像没听见似的，只是说了句"干活要小心点儿"，便走开了。

看到清理后的天沟，雨水畅通地流入下水管，再也没有溢出。儿子说："原来想做好一件'无用的事'并不容易。"

后来罗伯特和儿子一起到菜园中去移植韭菜，儿子皱着鼻子，光是站在田埂上看，手插在裤兜里，不想伸出来做事。

罗伯特问他："你为什么不动手干活儿？"儿子说："我生来就是念书的，这是农民干的活，我学了有什么用？"

罗伯特抓起一把泥，放进儿子手里，语重心长地说："孩子，你每天吃的米饭、水果，哪一样不是土里生出来的？就连人死后，也是化为泥土的呀。我们的衣食住行哪一样不是以大地为根基？你要学会尊重土地！"

罗伯特摸了摸儿子的头，又说："每个人的福分都有一定的限度，不能太娇惯，不要认为自己做的一些小事是无足轻重的，要知道，当有一天你在外面遇到这些问题，别的娇生惯养的孩子都不知所措的时候，你却能轻松地处理它们，那该是多么荣幸的事。不能做小事，又怎么做得了大事呢？"

儿子听从了罗伯特的教导，即使处理平凡的小事也不放松对自己的要求。二年后，他提前从高中毕业，进入了美国著名的哈佛大学深造。

当一块石头有了愿望

只要心中有美好的愿望，许多看似不可能实现的事情也会变成现实。

撰文/陆勇强

一位名叫薛瓦勒的乡村邮差每天徒步奔走在乡村之间。有一天，他在崎岖的山路上被一块石头绊倒了。他起身，拍拍身上的尘土，准备再走，可是他发现绊倒他的那块石头的样子很奇特，便拾起来放进邮包里。

村子里的人看到他的邮包里除了信之外，还有一块沉重的石头，便好意劝他把它扔了。他却取出那块石头，炫耀地说："你们谁见过这样美丽的石头？"村民都笑了，说："这样的石头山上到处都是，够你捡一辈子的。"

他回家后疲惫地睡在床上，突然产生了一个念头，要用这样美丽的石头建造一座城堡。于是，他每天在送信的途中寻找石头。不久，他便收集了一大堆奇形怪状的石头，但要建造城堡还远远不够。于是，他开始推着独轮车送信,只要发现他中意的石头都会往独轮车上装。

从此,他再也没有过上一天舒服的日子,白天他是一个邮差和一个运送石头的苦力,晚上他又是一个建筑师,他按照自己天马行空的思维来垒造自己的城堡。对于他的行为,所有人都感到不可思议。

二十多年的时间里,他不停地寻找石头,堆积石头。在他偏僻的住地,渐渐出现了许多错落有致的城堡,有清真寺式的,有基督教式的……当地人都认为这个性格偏执的邮差在干一些如同小孩筑沙堡的游戏。

后来,一个记者偶然发现了这些低矮的城堡,叹为观止,特地写了一篇介绍薛瓦勒的文章。文章刊出后,许多人都慕名前来参观城堡。渐渐地,这个城堡成为法国最著名的旅游景点——邮差薛瓦勒的理想宫。

在城堡的石块上,薛瓦勒当年的许多刻痕还清晰可见,有一句话就刻在入口处的一块石头上:"我想知道一块有了愿望的石头能走多远。"据说,这就是当年那块绊倒过薛瓦勒的石头。

等什么？马上就做！

记得提醒自己享受每一天、每一刻，很多事情，如果能做，现在就做！

撰文/葛林·麦克英代尔

我是那种凡事都努力的孩子。我在加州的拉加南海滩长大，喜欢冲浪和运动。在一般的小孩只会看电视和在海滩嬉戏的年龄，我就开始想着怎样变得更独立，走遍这个国家，计划我的未来。

我10岁就开始工作了。15岁时，我存够买新摩托车的钱，在付清现金和保了一年全险后，我开始学怎么骑它；15岁半时，我刚获得驾驶执照，已买了一辆新的摩托车。只要有机会，我就骑车，在山路上享受骑乘的乐趣。

两年间我换过五辆摩托车，我骑车出了加州。我每晚都看摩托车杂志，有天晚上，一辆BMW的摩托车广告吸引了我的目光。这辆摩托车的车背上有个大帆布袋，停在巨大的"欢迎到阿拉斯加"的招牌前。一年后，我骑了辆更新的摩托车在同样的招牌前照了一张照片。是我，就是我！17岁时我独自骑车到阿拉斯加去，征服了1000公里尘沙满布的公路。

在我即将开始为时7周、共达1.7万公里的冒险前，我的朋友们都说我疯了。我的父母叫我等等再说。疯了？等待？为什么？打从孩提时起，我就梦想着骑摩托车冒险。于是，那个夏天，我开始了人生的冒险。

在路上，我遇到很多人，接触到许多不同的生活形态。有时，两三天看不见任何人，只是在无边的寂静中骑着我的摩托车，只有风轻拂过我的安全帽。有时，我在露营地洗冷水澡，并在旅途中和熊不期而遇……终于有一天，我成功地完成了一次伟大的冒险！

当我回想起我所有的征程，我所经过的地方，我会想到自己是多么幸运。每一次我骑上车，我总对自己说："等什么！马上就做！"

地图的另一面

逆向思维往往可以把复杂的问题简单化。

撰文/佚名

维斯莱先生是萨里郡地区唯一的牧师。他对待自己的工作极为认真负责，对人的态度也和蔼可亲。不过，这位牧师相当贫穷，日子总是过得紧巴巴的。

一天早上，维斯莱先生的独生子乔治哭闹个不停。为了转移儿子的注意力，他把一幅色彩缤纷的世界地图撕成了许多细小的碎片，丢在地上，并对孩子许诺说："亲爱的小乔治，如果你能拼起这些碎片，我就给你一个先令。"

要知道，维斯莱先生总是把自己仅有的一点薪水分给周围的人。因为他觉得，还有很多人的生活比他还要糟糕。所以维斯莱先生认为，一个先令对乔治来说是一笔可观的财富。他一定会花费上午的大部分时间,来完成这个"工作"。这样一来,屋子里就能保持安静了。

但是,十分钟后,小乔治又嚷嚷了起来。维斯莱先生走过去一看,天哪,他只用几分钟的时间就把地图拼好了!而且还准确无误。

维斯莱先生惊奇地问:"孩子,你怎么拼得这么快呢?我并没有教过你怎样辨认世界地图啊?"

小乔治很轻松地回答道:"噢,这实在太简单了!您看,在地图的另一面是一个人的照片。我把这个人的照片拼到一起,然后再把它翻转过来。我想,如果这个'人'是正确的,那么,这个'世界'也就是正确的。"

维斯莱先生笑了起来,把一枚崭新的银币放进了小乔治的手里。

第二十一个

只有迅速思考、果断行动，才能将不利化为有利。

撰文/麦尔顿

暑假临近，16岁的佛瑞迪对父亲说："爸爸，我要找个工作。"过了好一会儿，父亲才从震惊中恢复过来。他对佛瑞迪说："好啊，我会想办法给你找个工作，但是恐怕不容易。""您没有弄清楚我的意思，我并不是要您给我找个工作，我要自己来找。我相信，会动脑筋的人总是可以找到工作的。"

佛瑞迪在广告栏上仔细地寻找，终于找到了一个适合自己专长的工作。广告上说找工作的人要在第二天早上8点钟到达42街的一个地方。

第二天，佛瑞迪并没有等到8点钟，他在7点45分就到了那儿。可他看到已经有20个人排在了那里，他只是队伍中的第21个。

第二十一个

怎样才能引起面试者的特别注意呢？佛瑞迪苦苦思索着。最终，他想出了一个办法。他拿出一张纸，在上面写了一些字，然后折得整整齐齐，恭敬地对秘书小姐说："小姐，请马上把这张纸条交给你的老板。"

这位秘书是一名老手，如果是普通的男孩，她就可能会说："算了吧，小伙子。你回到队伍的第21个位置上等待吧。"但是她发现，眼前的这个人并不是一个普通的男孩，他浑身散发着自信。

于是她看了一下纸条的内容，然后微微笑了起来。她立刻站起来走进老板的办公室，把纸条放在老板的桌子上。老板看了以后也大声地笑了，因为佛瑞迪在纸条上写着："先生，我排在队伍中的第21个，在您没有看到我之前，请不要做任何决定。"

如果你要问，佛瑞迪最后是不是得到了那份工作？这是当然的，因为他很早就学会了动脑筋。

鹅卵石

做事要分清主次，不能让琐碎、无聊和平庸的事把我们的生活束缚住。

撰文/佚名

在一次哲学课上，皮特教授在桌子上放了一个罐子，然后又从桌子下面拿出一些正好可以从罐口放进罐子里的鹅卵石。当皮特把石块全部放进去以后，他问他的学生："你们说这罐子是不是满的？"

"是！"所有的学生异口同声地回答。"真的吗？"皮特又问。然后他又从桌子下面拿出一袋碎石子，把它们从罐口倒进去，摇一摇，又加了一些，然后又问："你们说，这罐子现在是不是满的？"

这回学生们不敢回答得太快，最后有个学生回答："也许没满。"

"很好！"皮特说完后，又从桌子下面拿出一袋沙子，慢慢地倒进罐子里。倒完后，他又问："现在请你们告诉我，这个罐子是满的呢，

还是没有满?""没有满。"大家很有信心地回答。

"好极了!"皮特再一次称赞学生们。然后,他从桌子下面拿出一大瓶水,把它倒进了看起来已经被鹅卵石、小碎石、沙子填满了的罐子里。同学们看着皮特这一系列奇怪的举动,都感到莫名其妙,不知道他到底要干什么。把水倒完以后,皮特问:"你们从中得到了什么启示呢?"

一阵沉默之后,一个学生回答说:"无论我们的工作有多忙,行程排得有多满,如果挤一下的话,还是可以多做些事的。"皮特点了点头,微笑着说:"不错,但这还不完全正确。另外,这不是我要告诉你们的信息。"

皮特继续说:"我想告诉大家的最重要的信息是,如果你不先将大的'鹅卵石'放进罐子里,也许你以后就没有机会再把它们放进去了。"

在你的生活中一定要找到主次、轻重,如果一心想着把罐子塞满,却落下了生命中最重要的鹅卵石,等你发现的时候,一切已无法改变。

二十年前的作业

成功只垂青有准备的人，只垂青踏踏实实从小事做起的人。

撰文/高汉武

他们在毕业20周年纪念日到来之际组织了这场同学联谊会。

同学们一个个发言了。大家都感谢老师对他们的栽培。年逾古稀的班主任听了也不说话，直到联谊会临近结束时，老师才慢慢地站了起来，说："今天我来收作业了。还记得你们毕业前的最后一课吗？"

那天是一个晴天，班主任把大家带到操场上说："这是最后一课了。我给大家布置一个作业，说易不易，说难不难。请大家绕这500米的操场跑两圈，并记下跑的时间、速度以及感受。"说完老师便离开了。

20年后的今天，老师说话了："我离开操场后，在教室走廊上观看了同学们的完成情况。跑完两圈的同学有4人，时间在15分20秒之内。1人扭

伤了脚，1人因为跑得太快摔了跤，有15人跑过一圈后觉得无趣，退出后在跑道外聊天。其余的同学嫌事小，没有起步。"

大家惊异于老师竟将20年前的事记得如此清楚，一下子看到了老师昔日的风采，纷纷鼓掌。

掌声落下，老师继续说："我就这次作业评语，并结合自己70余年的人生体验，送各位同学四句话。其一，成功只垂青有准备的人；其二，身边有小蘑菇不捡的人，捡不到大蘑菇；其三，跑得快，还需跑得稳；其四，有了起点并不意味着就有了终点。你们现在都是36岁左右的年纪，又处在世纪之交，尚不是对老师说感谢的时候。请多说说自己人生的作业。"

飞翔的故事

以自信、执著的心态对待自己想做的事，定能创造奇迹。

撰文/佚名

2004年8月27日，爱琴海的夜风轻拂古老的阿提卡平原。夜色中，灯光骤然聚焦在一张黄皮肤的脸上——中国的刘翔。

在110米跨栏的比赛中，刘翔以令人难以置信的12秒91的成绩夺得了这个项目的世界冠军，打破了奥运会纪录，平了世界纪录。他的表现让世人瞠目结舌，他的直道跑夺金不但改写了世界田坛的历史，更证明了黄种人中存在具备短跑天赋的人才。

短跑项目多年来一直是欧美人的天下，中国人乃至亚洲人在此项目上很少有人能进入决赛，刘翔还曾因此而遭误判。

那是2000年11月法国里昂的一次室内田径大赛，6名选手进入60米栏

飞翔的故事

的决赛，刘翔站在第五道，其中有3个美国选手，他旁边的第六道就是一名美国选手。发令枪响过了，没想到第六道的那个美国选手在跨第二个栏的时候就摔倒了，刘翔是第三个冲过线的，可这样的兴奋仅仅保持了2秒钟，裁判和大屏幕同时宣布，第五道中国的刘翔没有成绩。怎么会这样呢？刘翔和他的教练感到很气愤，找裁判理论。原来裁判误将那个摔倒的美国选手当成刘翔了，在他们看来，中国人是不会在这个项目上跑出好成绩的。那是一次没有电视转播的比赛，幸好刘翔的教练用自己的微型摄像机将全部过程拍下，还了刘翔一个清白。

正是这次偶然事故，给了刘翔师徒二人很大的刺激，使他们更加努力地训练。

4年之后，在雅典奥运会田径赛场的短跑项目上，刘翔成为了有史以来第一个跑在最前面的中国人、亚洲人。有人用"飞"来形容刘翔的速度。法新社评论说，"刘翔在冲过终点的时候就像一颗子弹"。

风中的木桶

只有不断地给自己加重,才能稳稳地站立。

撰文/李雪峰

一个小男孩在他父亲的葡萄酒厂看守橡木桶。每天早上,他用抹布将一个个木桶擦拭干净,然后一排排整齐地摆放好。令他生气的是,往往一夜之间,风就把他排列整齐的木桶吹得东倒西歪。小男孩每次都很委屈地哭。一次,父亲摸着男孩的头说:"孩子,别伤心,我们可以想办法征服风。"

于是,小男孩擦干了眼泪,坐在木桶边想啊想啊,想了半天他终于想出了一个办法。他去井上提来一桶一桶的清水,一勺一勺地把它们倒进那些空空的橡木桶里,然后他就忐忑不安地回家睡觉了。

第二天,天刚蒙蒙亮,小男孩就匆匆爬了起来。他跑到放桶的地方一看，那些橡木桶一个个排列得整整齐齐，没有一个被风吹倒，也没有一个被风吹歪。小男孩高兴地笑了，他对父亲说："木桶要想不被风吹倒，就要增加自己的重量。"父亲听后赞许地笑了。

是的，我们可能改变不了风，改变不了这个世界和社会上的许多东西，但是我们可以改变自己，增加我们自身的重量，这样我们就可以稳稳地站在这个世界上，不被风和其他东西吹倒和打翻。

富翁和狼

真正的陷阱会伪装成机会，真正的机会也会伪装成陷阱。

撰文/刘燕敏

一位富翁在非洲狩猎，三个昼夜之后，一匹狼成了他的猎物。

当向导准备剥下狼皮时，富翁制止了他并问："你认为这匹狼还能活吗？"向导点点头。于是，富翁打开随身携带的通讯设备，让停泊在营地的直升机立即起飞，他想救活这匹狼。

直升机载着受了重伤的狼飞走了，奔向500千米外的一家医院。富翁坐在草地上陷入了沉思。他并不是第一次来这里狩猎，可没有一次能像这次一样给他如此大的触动。过去，他曾经捕获过无数的猎物，包括斑马、小牛、羚羊，甚至狮子，这些猎物在营地大多被当做美餐，而这匹狼却让他产生了"让它继续活着"的念头。

富翁和狼

狩猎时，狼被追到了一个近似于"丁"字形的岔道上，正前方是迎面包抄过来的向导，富翁也端着一把枪，狼被夹在了中间。在这种情况下，狼本来可以选择走岔道逃掉，可是它没有那么做。当时富翁很不明白，狼为什么不选择岔道，而是迎着向导的枪口冲过去，准备夺路而逃？难道那条岔道比向导的枪口更危险吗？

狼在逃跑时被捕获，它的臀部中了弹。面对富翁的迷惑，向导说："埃托沙的狼是一种很聪明的动物，它们知道只要夺路成功，就有生的希望，而选择没有猎枪的岔道，必定死路一条。因为那条看似平坦的路上必定有陷阱，这是它们在与猎人的长期周旋中悟出的道理。"

富翁听了向导的话，非常震惊。据说，那匹狼最后被成功救治，如今在纳米比亚埃托沙禁猎公园里生活，所有的费用都由那位富翁提供。

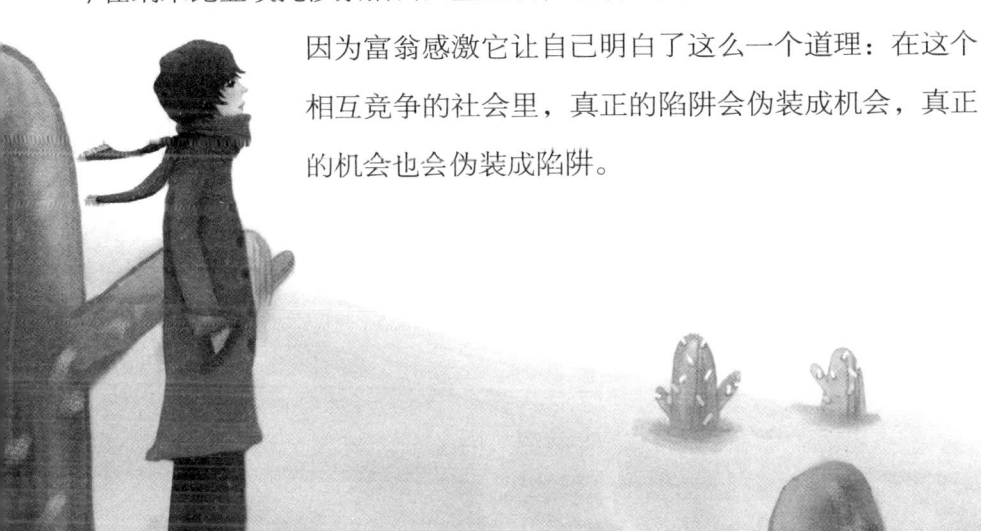

因为富翁感激它让自己明白了这么一个道理：在这个相互竞争的社会里，真正的陷阱会伪装成机会，真正的机会也会伪装成陷阱。

给自己更大的挑战

勇敢地接受挑战，不断地超越自我，这样才能激发出你的无限潜能。

撰文/其其

一位音乐系的学生走进练习室，钢琴上，摆着一份全新的乐谱。

"超高难度……"她翻动着乐谱，喃喃自语，感觉自己对弹奏钢琴的信心似乎跌到了谷底。

已经三个月了！自从跟了这位新的指导教授之后，她不知道为什么教授要以这种方式整人。她勉强打起精神，开始用十个手指头奋战、奋战、奋战……

指导教授是位极其有名的钢琴大师。授课第一天，他给自己的新学生一份乐谱。"试试看吧！"他说。乐谱的难度颇高，学生弹得生涩僵滞，错误百出。

"还不熟，回去好好练习！"教授在下课时，如此叮嘱学生。

学生练了一个星期，第二周上课时正准备让教授验收，没想到教授又给了她一份难度更高的乐谱。"试试看吧！"他说。上星期的课，教授提都没提。学生再次挣扎于更高难度的技巧挑战。

第三周，更难的乐谱又出现了。同样的情形持续着，学生每次在课堂上都被一份新的乐谱所困扰。不管她怎么努力，都追不上教学的进度，她感到不安、沮丧和气馁。

当教授又走进练习室时，学生再也忍不住了，她疑惑地问教授："为什么这三个月来，您要不断地折磨我？"教授没开口，只是抽出最早的那份乐谱，交给学生。"弹奏吧！"他以坚定的眼神望着学生。

不可思议的事情发生了，连学生自己都惊讶万分，她居然可以将这首曲子弹奏得如此美妙，如此精湛！教授又让学生试了第二堂课的乐谱，学生依然有着超高水准的表现……演奏结束后，学生怔怔地看着老师，说不出话来。

"如果我任由你表现最擅长的部分，可能你还在练习最早的那份乐谱，就不会有现在这样的表现……"钢琴大师缓缓地说。

给自己信心

一分信心，一分努力，一分成功；十分信心，十分努力，十分成功。

撰文/罗长美

有一个年轻人，好不容易获得一份销售工作，勤勤恳恳地干了大半年，非但毫无起色，反而在几个大项目上接连失败。而他的同事，个个都干出了成绩。

他实在忍受不了这种痛苦，于是来到总经理办公室，惭愧地说，可能自己不适合这份工作。

老总沉默了一会儿，平静地说："你就这样走了？以失败者的身份离开，你真的甘心？"年轻人沉默不语。

"安心工作吧，我会给你足够的时间，直到你成功为止。到那时，你再要走我不留你。"老总的宽容让年轻人很感动。

过了一年，年轻人又走进老总的办公室。不过，这一次他是轻松的，他已经连续七个月在公司销售排行榜中高居榜首，成为当之无愧的业务骨干。他想知道，当初，老总为什么会将一个败军之将继续留用呢？

"因为，我比你更不甘心。"老总的回答完全出乎年轻人的预料。

年轻人大惑不解，老总解释道："记得当初招聘时，公司收下一百多份应聘材料，我面试了二十多个人，最后却只录用了你一个。如果接受你的辞职，我无疑是非常失败的。我深信，既然你能在应聘时得到我的认可，也一定有能力在工作中得到客户的认可，你缺少的只是机会和时间。与其说我对你仍有信心，倒不如说我对自己仍有信心——我相信我没有用错人。"

从老总那里，年轻人懂得了只要给别人以宽容，给自己以信心，那么迎接自己的也许就是一个全新的局面。

给自己一片悬崖

不给自己留任何退路，反而能获得成功的最佳动力。

撰文/佚名

一位中国留学生刚到澳大利亚的时候，为了寻找一份能够糊口的工作，他骑着一辆自行车沿着环澳公路走了数日，替人放羊、割草、收庄稼、洗碗……只要给一口饭吃，他就会暂且停下疲惫的脚步。

一天，留学生看见报纸上登出了澳洲电讯公司的招聘启事，考虑到自己的英语不地道，专业不对口，就选择了去应聘线路监控员的职位。

过五关斩六将，眼看他就要得到那个年薪三万五千美元的职位了，不想招聘主管却出人意料地问他："你有车吗？你会开车吗？我们这份工作要时常外出，没有车寸步难行。"

澳大利亚公民普遍拥有私家车，没有车的寥寥无几，可这位留学生初来乍到还属无车族。为了争取这份极具诱惑力的工作,他不假思索地回答:"有!会!""四天后,开着你的车来上班。"主管说。

四天之内要买车、学车谈何容易,但为了生存,留学生豁出去了。他在华人朋友那里借了五百澳元,从旧车市场买了一辆破旧的"甲壳虫"。

第一天,他跟朋友学习简单的驾驶技术;第二天,他在朋友屋后的大草坪上摸索练习;第三天,他歪歪斜斜地开着车上了公路;第四天,他驾车去公司报到了。时至今日,他已是澳洲电讯公司的业务主管了。

这位留学生的专业水平如何我无从知道,但我确实佩服他的胆识。如果他当初畏首畏尾地不敢向自己挑战,绝不会有今天的辉煌。那一刻,他毅然决然地斩断了自己的退路,让自己置身于命运的悬崖绝壁之上。正是面临这种后无退路的境地,人才会集中精力奋勇向前,从生活中争得属于自己的位置。

工钱

不属于自己的不要强求，而属于自己的一定要努力争取。

撰文/红桃K

王小春是一名大学二年级学生，他来自贫困的山区，家里很穷，全家人都勒紧裤腰带，供他一人念大学。这一年暑假，王小春为减轻家里的负担，决定留在城里打工。

王小春在城里转悠了两三天，才在"好再来"大酒楼里找到一份差事。他的任务是干杂活，就是洗洗碗，跑跑腿，端端盘子，摘摘菜，给大师傅当个下手什么的。虽说每月工钱500元，但条件很苛刻，工作时间从早9点到晚9点，一天12小时，没有休息日。

王小春原本就是个苦孩子，他来到酒楼后，没日没夜地干着，由于他能吃苦，而且不爱多说话，因而得到了厨房大师傅和大堂领班们的赞许。

工钱

　　眼看一个月时间到了,王小春见老板还没发给他工钱的意思,想到再过几天就要开学了,就硬着头皮到老板办公室要钱。

　　老板是个精明的中年人,平时整天绷着张脸,对手下人很严厉,大家都很怕他。王小春走进老板的办公室,支支吾吾地对老板说:"我是来拿工钱的。"老板见王小春脸上的表情,笑了笑,他走到办公桌后,从抽屉里拿出一个信封,晃着信封对王小春说:"这是你的工钱,噢,小兄弟,你在我这里干得不错,工钱是500元。加上加班费150元,总共650元。"

　　王小春一听,心里很高兴,这毕竟是他第一次挣的血汗钱,他刚要伸手去拿,"不过……"老板顿了顿,又翻开桌上的一个小本子,念道,"你这个月一共打坏3个碗,要扣你50元;你上次和顾客发生争吵,扣你50元;你早走一次,扣你50元;你把酒楼里的菜带回家,也要扣你50元……这样,你的工钱只剩下200元。"

　　王小春一下愣住了,他心里的火直往上冒,他想:好你个黑心的老板!即使到商店买,3个碗也不过十几元钱,况且我也不是故意打碎的,你却一下就扣我50元钱;和顾客发生争吵,是因

为那位喝醉酒的客人,对女服务员动手动脚,我出于义愤,才说了客人两句的;我提前走,是因为那天我有急事,况且也是你同意的;我把酒楼的菜带回去,那只不过是客人吃剩的半只烧鸡,而且是厨师让我带的……于是,王小春涨红着一张脸,和老板说了几句。没想到老板把脸一沉,用力拍了几下桌子,吼道:"我说扣了,就扣了,你要清楚和我顶嘴的后果!"

王小春望着老板那张黑黑的瘦脸,真恨不得揍上两拳,但他最后还是咬咬牙忍住了,心想还是息事宁人的好。于是,他一把抓过装钱的信封,掉头就朝外走。

王小春刚走到门口，就听到老板在身后喊："站住，你给我站住！"

王小春回过头来怒视着老板，老板说："小兄弟，你是个大学生吧？"王小春点点头。老板突然提高语调对王小春说："你为什么就这样走了？为什么不和我据理力争？为什么就轻易妥协？小兄弟，要知道，这是个充满激烈竞争的社会，你光学会忍耐，光能吃苦是不行的，你要学会竞争！属于你自己的东西，你一定要坚持！不去竞争，只会妥协，你就只能受人摆布，永远干不成大事！"

老板说着，从抽屉里又拿出了550元钱，递到王小春手上，拍拍王小春的肩膀："说实话，你是我们这里最能吃苦的打工仔，这另外的100元，是我给你的奖励！"

王小春愣住了，好长时间才反应过来。他双眼湿润了，伸手接过钱，说了声"谢谢"，就大步走了。王小春走出酒楼后，在心里对自己说：今天，这个老板给我上了人生最重要的一课，比我手里的这份工钱要珍贵得多啊！

贵在磨炼

经历苦难、经历磨炼，对于做好一件事非常重要。

撰文/沈岳明

在美国，有这样一个年轻人：他是一个大学生，每逢过礼拜或学校放假，他都得赶到他父亲的工厂去上班。他用打工的工资去偿还父母为他支付的学费和伙食开支。在厂里，他跟其他工人一样排队打卡上下班，月底就凭车间给他评定的质量分和完成工作的情况结算工资。有一次，他迟到了两分钟，当月的奖金就被扣除了一半。

当他终于熬到大学毕业，认为自己可以接管父亲的工厂时，父亲不但不让他接管工厂，反而对他更加苛刻。他想不明白，父亲是一家工厂的负责人，他家并不缺钱花，还经常捐钱给福利院，可父亲就是舍不得多给他一分钱，就连生活费他也得定期向父亲索要。他终于被父亲逼出了家门，他觉得自己肯定不是父亲的亲生儿子，要不然父亲怎么会这样对待他呢？

他想去银行贷款做生意，可父亲却坚决不给他担保。没有担保人，他就没有办法向银行贷到一分钱。他只得去给别人打工，因为复杂的人际关系，他被人挤出了公司。失业后，他用打工积累的一点资金开了家小店，并慢慢发展成一家大公司。

令他万分痛心的是，公司因为经营不善倒闭了。他想过跳楼，可他实在不甘心就这样离开人世，决心咬紧牙关从头再来。就在他振作精神准备再干一番的时候，他的父亲出人意料地找到了他，并让他回去接管自己的工厂。对于父亲的决定他非常不解。

父亲说："孩子，你虽然跟几年前一样，依然没有钱，但你有了一段可贵的经历，这段经历对你来说是一场艰苦的磨炼，我相信你会珍惜它，而且会把工厂管好。孩子，无论干什么事情，不经受一番磨炼是干不好的。"

果然，他不负父亲的期望，将规模不大的工厂发展成了一家全球瞩目的大公司。他就是伯克希尔公司的总裁——沃伦·巴菲特。

还有一个苹果

面对人生旅途中的挫折与磨难，我们不仅要有勇气，更要有坚强的信念。

撰文/杨昆

曾经有人说过这样一个耐人寻味的故事：

一场突如其来的沙漠风暴，使一位旅行者迷失了前进的方向。更可怕的是，旅行者装水和干粮的背包也被风暴卷走了。他翻遍身上所有的口袋，只找到了一个青苹果。

"啊，我还有一个苹果！"旅行者惊喜地叫着。

他紧握着那个苹果，独自在沙漠中寻找出路。每当干渴、饥饿、疲乏袭来的时候，他都要看一看手中的苹果，抿一抿干裂的嘴唇，陡然间又增添了不少力量。

他一次次跌倒了，又一次次爬了起来，艰难地前行。他一遍又一遍地在心中默念着:"我还有一个苹果!我还有一个苹果……"

一大过去了,两天过去了,第三天,旅行者终于走出了荒漠。那个他始终未曾咬过一口的青苹果,已干巴得不成样子,他却宝贝似的一直紧攥在手里。

在深深赞叹旅行者之余,人们不禁感到惊讶:一个表面上看来微不足道的青苹果,竟然会有如此不可思议的神奇力量!

是的,这就是信念的力量!精神的力量!

信念,是成功的起点,是托起人生大厦的坚强支柱。在人生的旅途中,不可能总是一帆风顺,事随人愿。有的人可能先天不足或后天病残,但他却能成为生活的强者,创造出常人难以创造的奇迹,这靠的就是信念。对一个有志者来说,信念是立身的法宝和希望的长河。

信念,是蕴藏在心中的一团永不熄灭的火炬。信念,是保证一生追求目标成功的内在驱动力。坚定的信念,是永不凋谢的红花。

好人与坏人

做判断时不要听一面之词，而要自己去寻找答案。

撰文/王鼎钧

爷爷对孙子说："做人最要紧的学问是分辨好人与坏人。"他用一块黄金做奖品，测验两个孙儿的"知人之明"。他说："你们去调查一下邻村的胡建安是一个好人还是一个坏人，谁能给出正确的答案，这块黄金就给谁。"

两个孙子心里想："这还不容易？"他们轻轻松松地出去，高高兴兴地回来，望着爷爷放在桌上的金块，志在必得。

爷爷闭目静听长孙给出的答案。长孙很有把握地说，胡建安是坏人，因为邻村的地保说这人很坏很坏。而地保，对本村的每个人的行为都了如指掌。

"不对，"爷爷摇头，"那地保是个坏人，坏人口中的坏人，说不定是个好人，因为坏人总是党同伐异，排斥君子。"

次孙听了，信心倍增，立刻接过来说："爷爷，我看胡建安是个好人。我专程去拜访过他们的村长，提起胡建安，村长连声说，这个人很好，好人一个。"

爷爷又轻轻摇摇头："也许，可是未必。那村长一向老实怕事，没有褒贬善恶的勇气。他口中的好人，说不定是个坏人。"

两个孙子急了："胡建安到底是好人还是坏人呢？"爷爷睁开眼睛，微微一笑，伸手抓起金块，放回箱中。"这要靠你们自己去找答案。你们什么时候有了这种能力，黄金就会什么时候在你们手中。"

和父亲掰手腕

不要心存侥幸，赢要赢得明白，输要输得坦然。

撰文/查一路

父亲——是现实意义的，又是精神层面的。男孩子征服世界的欲望大都从战胜父亲开始。

儿时，我喜欢与父亲掰手腕，总是想象父亲的手腕被自己压在桌上，一丝不能动弹，从而在虚幻中产生满心胜利的喜悦。

可事实上，父亲轻轻一转手腕，轻而易举就将我的手腕压在桌上。他干这事像抹去蛛丝一样轻松。直到我面红耳赤、欲哭无泪，父亲才心满意足、收兵罢休。

本想得到父亲的安慰，可是父亲每次都将我痛骂一顿。他指着门前的一棵树说："臭小子，想跟我较劲，除非你能将门前的那棵树掰弯！"

于是，我从10岁一直掰到13岁。开始，那棵树纹丝不动，渐渐地树叶乱晃，直到后来树向我弯腰臣服。期间，有与父亲的"明争"，更有与树的"暗斗"。直到有一天，我意外地发现自己的胳膊上竟长出了肱二头肌。

我喜出望外，庄严地举起胳膊，向父亲发出挑战。我一点点地将父亲的手腕压下去。到了关键时刻，父亲故伎重演，终于又将我的手腕压了下去。这次，我沮丧得哭出声来。母亲嗔怪地问父亲："你比孩子大还是比孩子小？你就不能让他赢一次？"

"让他？"父亲翻翻眼睛，"除了我能让他一次，这个世界，没有第二个傻瓜会给对手一次赢自己的机会。"

但在我的力量足够强大之前，父亲却在我13岁那年突然病故了。这十几年来，我没少跟一些人和事掰手腕。与时间，与困境，与失败，与沮丧，甚至与自己。时而输也时而赢。靠的全是信心、毅力、耐力和实力来说话，没有一次心存侥幸，赢得明白，输得坦然。

因为，我心里一直明白：这个世界上，没有谁愿意输给你，哪怕是一次！

黑人州长罗尔斯

坚持自己的信念，就一定会心想事成。

撰文/章剑和

罗杰·罗尔斯是纽约第53任州长，也是纽约历史上第一位黑人州长。他出生在纽约声名狼藉的大沙头贫民窟。这里环境肮脏，充满暴力，是偷渡者和流浪汉的聚集地。在这儿出生的孩子从小对逃学、打架、偷窃甚至吸毒耳濡目染，长大后很少有人获得较体面的职业。然而，罗杰·罗尔斯是个例外，他不仅考入了大学，而且成了州长。

那么，是什么把罗尔斯推向州长宝座的？对此，罗尔斯仅说了一个陌生的名字——皮尔·保罗。后来人们才知道，那是他小学的一位校长。

1961年，皮尔·保罗被聘为诺必塔小学的董事兼校长。当时正值美国嬉皮士流行的时代，他发现诺必塔小学的穷孩子旷课、斗殴，甚至砸烂教室的黑板。皮尔·保罗想了很多方法来引导他们,可没有一个是有效的。后来他发现这些孩子都很喜欢算命,就用给孩子们看手相的办法来鼓励他们。

当罗尔斯从窗台上跑下来,伸着小手走向皮尔·保罗时,皮尔·保罗说:"我一看你修长的小拇指就知道,将来你是纽约州的州长。"罗尔斯大吃一惊,因为长这么大,只有他奶奶使他振奋过一次,说他可以成为五吨重的小船的船长。这一次皮尔·保罗竟说他可以成为纽约州的州长,着实出乎他的意料。他记下了这句话,并且相信了他。

从那天起,"纽约州州长"就像一面旗帜,罗尔斯的衣服不再沾满泥土,说话也不再夹杂污言秽语。他开始挺直腰杆走路,在以后的40多年间,他没有一天不按州长的身份要求自己。51岁那年,他真的成了州长。

罗尔斯在就职演说中说:"信念值多少钱?信念是不值钱的,它有时甚至是一个善意的欺骗,然而你一旦坚持下去,它就会迅速升值。"

呼吸天地间的真理

看似高深的真理，其实存在于点滴生活之中。

撰文/梁国

那个年代的留美学生，暑假打工是唯一能延续求学的方法。

仗着身强体壮，这年我找了份高薪的伐木工作，在科罗拉多。工头替我安排了一个伙伴——一个壮硕的老黑人，大伙儿叫他"路瑟"。

一开始我有些怕他，在无奈中接近了他，却发现在他那黝黑的皮肤下，有着一颗温柔而包容的心。我开始欣赏他，在那个夏日结束时，他成为我一生中难忘的长者，带领着一颗年轻无知的灵魂，看清了真正的世界。

有一天一早，我的额头被卡车顶杆撞了个大包。中午时，大拇指又被工具砸伤了。然而在午后的烈日下，仍要挥汗砍伐树枝。他走近我身边时，我摇头抱怨："真是又倒霉又痛苦的一天。"他温柔地指了指太阳:"别怕!再痛苦的一天,那玩意儿总有下山的一刻。在回忆里,是不会有倒霉与痛苦的。"接着,我俩又开始挥汗工作。不久,太阳依约下山了。

一次,两个工人不知为什么争吵,跟着卷起袖子就要挥拳了,他走过去,在每人耳边喃喃地说了句话,两人便握了手。我问他施了什么"咒语",他说:"我只是告诉他俩,你们正好站在地狱边,快退后一步。"

伐木工人没事时总爱满嘴粗话,刻薄地叫骂着同事以取乐,然而他说话总是柔软而甜蜜。我问他为什么,他说:"如果人们能学会把白天说的话,夜深人静时再咀嚼一遍,那么他们就一定会选些柔软而甜蜜的话说。"这个习惯到今天我仍保留着。

有一天,他叫我替他读一份文件,他咧着嘴笑着说:"我不识字。"我读完文件,顺口问他,不识字怎么能懂那么深奥的道理。老人仰望着天空说:"孩子,上帝知道不是每个人都能识字,所以除了'圣经',他也把真理写在大地之间,你能呼吸,就能读它。"

换只手举高你的自信

当我们遇到困难时，要不断超越自己，战胜自己。

撰文/马国福

考上高中后，我从乡下到城里寄宿读书。城里的学生很有钱，成绩也很好，因而我总是很自卑。老师上课提问时，城里的学生都抢着回答，而我却从不抬头，也从不举手回答问题。

我的物理基础很差，物理课上老师总是提问，但很少叫坐在后排的我回答问题。可有一次，老师问了一道我不懂的问题，同学们都争先恐后地举手，我想反正我举手老师也不会提问我，受虚荣心的驱使，我也举起了手。结果，老师却偏偏叫了我回答，我起立后哑口无言，同学们哄堂大笑。

放学后，我一个人坐在教室里琢磨那道题，耳朵里始终回响着同学们的哄笑声，不争气的泪水掉了下来。这时物理老师进来了，他深入浅

出地给我讲解了那道题，然后和蔼地说："出身农村反而是一种资本，你不要自卑。学习时不要不懂装懂，以后我提问时遇到你懂的题你举起左手，不懂的题你举起右手，我就知道该不该叫你回答。"

此后的物理课上我就按老师说的做了。期中考试结束后，老师对我说："这段时间你举左手的次数为25次，举右手的次数为10次。再加把劲，争取把举右手的次数降到5次。"

细心的老师竟然统计了我举左右手的次数，我暗下决心争取不举右手。从此，遇到难题我宁可不吃饭不睡觉也要把它攻克。期末考试时，我考了全班第一名，老师欣慰地对我说："你终于不举右手了。"

后来，我考上了大学。老师来送我时，只对我说了一句话："别让自卑打倒你的自信，换只手举高你的自信。"我终于明白了老师的良苦用心：他让我少举右手只是为了让我超越自己，换只手举高自己的自信，是让我战胜自己啊！

机会总爱乔装成麻烦

"麻烦"是锻炼你的机会，能让你学会很多东西，因此不要害怕"麻烦"。

撰文/程玉珍

那是一个星期五的下午，马上就要到下班的时间了。因为是周末，很多员工都显得松弛了，他们纷纷盘算着怎么度过休息的时间。

不久，一位陌生人走进来问朗格，哪里能找到人帮他整理一下资料，因为他手头有些工作必须当天完成。

朗格问道："请问您是？"他回答："我们公司也在这个楼层，我是一位律师，我知道你们这里有速记员。"

朗格告诉他，公司里的所有速记员都去看体育比赛了，如果晚来五分钟，自己也会走。但是自己还是愿意留下来帮他，因为"比赛以后还有的是机会看，但是工作啊，必须在当天完成"。

完成工作后，律师问朗格："我应该付您多少钱？"

朗格开玩笑地回答："哦，既然是您的工作，大约一千美元吧。如果是别人的工作，我是不会收取任何费用的。"律师笑了笑，向朗格表示谢意。

朗格的回答不过是一个玩笑，他并不是真想得到那一千美元。但出乎意料的是，那位律师竟然真的这样做了。三个月之后，在朗格已将此事忘到九霄云外时，律师找到了朗格，交给他一千美元，并且还邀请朗格到自己的公司工作，薪水比他现在的要高得多。

如果不是你的工作，而你做了，这就是机会。有人曾经研究为什么当机会来临时我们无法把握，答案是：因为机会总爱乔装成"麻烦"。

"麻烦"来了，一般人的第一反应就是躲开，因此也就错过了机会。当别人交给你某个难题时，这个人也许正在为你创造一个宝贵的机会。谁的问题谁负责，是一般员工的想法，这样的员工充其量叫"合格"。而对于一个聪明的员工来说，他总是很乐意自找"麻烦"。

卡内基主动出"机"

成功总是青睐那些能够抓住机会，把握主动权的人。

撰文/王飙

安德鲁·卡内基在20世纪初就拥有4亿美元的资产。当有人问起他成功的秘诀时，他无不感慨地说："有两种人绝不会成大器，一种是别人要他做他才做的人；另一种是即使别人要他做他也做不好事情的人。只有那些主动去做事并且不会半途而废的人才会成功。"

少年时代，卡内基的舅舅推荐他到电报公司当邮差。卡内基每天提前一小时到公司打扫卫生，然后又跑到电报房里学习接收和发报技术。有一次，卡内基一大早赶到公司，突然听到有人说："紧急电报！电报员还没来，有谁能收下这份电报吗？"卡内基连想也没想就主动上前做好这件事。到了月底，老板主动给他加了薪水。后来，他被铁路管理局长斯考特聘去当电报员兼私人秘书。

有一天,卡内基收到一封加急电报:"货车在阿尔图纳附近的单轨线路上被堵塞,客车从早上开始,已堵了4个小时。"当时,铁路管理局有一个铁的纪律:不管遇到什么情况,只有局长才有权下达对列车的调度命令,如若有人违反禁令,立即革职。但是,卡内基与斯考特却怎么也联系不上,他知道每多耽误一分钟,都将给铁路公司造成严重的经济和名誉损失。他斗胆走进了斯考特的办公室,查看了货车的配位图,立即发现了堵塞的原因,于是拟好电文,并签上斯考特的大名,然后拍发出去,使线路故障得到及时解决。后来,在斯考特的推荐下,24岁的卡内基担任了宾夕法尼亚铁路局匹兹堡管理局局长。

任何一个人,只要他能养成像卡内基这样的对事情积极主动的态度,那他就能比别人多出许多成功的机会。

快乐的奥秘

善待自己也是善待别人，善待别人就是善待自己。

撰文/佚名

一位16岁的少年去拜访一位年长的智者。他问："我要怎样才能变成一个使自己愉快，而且也能给别人带来快乐的人呢？"

智者望着他，笑着说："孩子，你在这个年龄就有这样的愿望，真是太难得了。我送给你四句话吧。第一句话是，把自己当成别人。你能说说这句话的含义吗？"

少年回答道："这句话是不是说，当我感到痛苦忧伤的时候，就把自己当成是别人，这样痛苦就自然减轻了；当我欣喜若狂时，把自己当成别人，那些狂喜也会变得平和中正一些呢？"

智者微微点头，接着说："第二句话，把别人当成自己。"

少年沉思一会儿说："这句话应该是说，把别人当成自己，就可以真正同情别人的不幸，理解别人的需求，并且在别人需要的时候给予恰当的帮助。"

智者听后两眼发光，继续说道："第三句话，把别人当成别人。"

少年说："这句话的意思是不是说，要充分地尊重每个人的独立性，在任何情形下都不可侵犯他人的核心领地？"

智者哈哈大笑："很好，很好。第四句话是，把自己当成自己。这句话理解起来太难了，留着你以后慢慢品味吧。"

少年说："这句话的含义，我一时是体会不出。但这四句话之间有许多自相矛盾之处，我用什么才能把它们统一起来呢？"

智者回答道："很简单，用一生的时间和经历。"

少年沉默了很久，然后叩首告别。

后来，少年变成了成年人，又变成了老人。再后来，他离开了这个世界。人们提到他时，都说他是一位智者，因为他是一个快乐的人，而且也给每一个见到过他的人带来了快乐。

克制

一个懂得自我克制的人，必定能将满腔热情投入到工作中去。

撰文/佚名

一个商人需要一个小伙计，他在商店的橱窗上贴了一张独特的广告："招聘：一个能自我克制的男士。每星期40美元，合适者可以拿60美元。""自我克制"这个词语引起了争论，也引起了众多人的思考，自然也引来了众多的求职者。每个求职者都要经过一番特别考试。卡特也来应聘，他不安地等待着，终于该他出场了。

"能阅读吗？""能，先生。""你能读一读这一段吗？"商人把一张报纸放在卡特的面前。"可以，先生。""你能一刻不停顿地朗读吗？""可以，先生。""很好，跟我来。"商人把卡特带到他的私人办公室，然后把门关上。他把这张报纸送到卡特手上，上面印着卡特答应不停顿地读完的那一段文字。阅读刚一开始，商人就放出6只可爱的小狗，这些小狗都跑到了卡特的脚边。这太过分了，许多应聘者都经受不住诱惑，要看看美丽的小狗，因而转移了视线，最终被淘汰了。但是，卡特始终没有忘记自己的角色，在他前面的70个人都失败之后，他一口气读完了材料。

　　商人很高兴，他问卡特："你在读书的时候没有注意到你脚边的小狗吗？"卡特答道："对，先生。""我想你应该知道它们的存在，对吗？""对，先生。""那么，为什么你不看一看它们？""因为我告诉过你我可以不停顿地读完这一段。""你总是遵守自己的诺言吗？""的确是，我总是努力地去做，先生。"商人在办公室里来回踱步，突然高兴地说道："小伙子，你被选中了。"

劣势与优势

每个人都有劣势，这并不可怕，关键是我们要学会把劣势转化成优势。

撰文/艾琳

有一个10岁的日本小男孩里维，他在一次车祸中失去了左臂，但是他很想学柔道。于是，里维拜了一位著名的柔道大师学柔道，但是练了三个月，师傅只教了他一招。里维有点儿弄不懂，他终于忍不住问师傅："我是不是应该再学点儿其他的招式？"师傅回答说："不错，你的确只会一招，但你只需要会这一招就够了。"里维不是很明白，但他很相信师傅，于是就继续练下去。

几个月后，师傅第一次带里维参加比赛。里维自己都没有想到居然轻轻松松地赢了前两轮。第三轮稍有点难，对手很快就变得有些急躁，连连进攻，里维又敏捷地施展出自己的那一招，结果又赢了。就这样，

里维迷迷瞪瞪地进入了决赛。

决赛的对手比里维高大、强壮许多，也似乎更有经验。里维有一度差点招架不住，裁判担心里维会受伤，就叫了暂停，还打算就此终止比赛，然而师傅不答应，斩钉截铁地说："坚持下去！"比赛重新开始后，对手放松了戒备，里维立刻使出他的那招制服了对手，由此赢了比赛，得了冠军。

回家的路上，里维和师傅一起回顾每场比赛的每一个细节，里维鼓足勇气道出了心里的疑问："师傅，我怎么能够凭一招就得了冠军呢？"师傅答道："有两个原因，第一是你几乎完全掌握了柔道中最难的一招；第二个原因是，据我所知，对付这一招的唯一办法是对手抓住你的左臂。"里维最大的劣势变成了他最大的优势。

邻居家的餐桌上总有肉

吃苦是人生的财富,只有自觉接受艰苦的磨砺,才能到达成功的彼岸。

撰文/黄自林

每次吃晚饭的时候,我总要瞧准时机,站在家门口,闻对门邻居餐桌上飘出的肉香,然后抽动鼻子,把香气吸进肚子里。久而久之,我甚至能分辨出邻居家吃的是什么肉。我就是不明白,为什么邻居家每天都有肉吃,而我们家却要隔一个月才可能吃上一次少得可怜的肉?

有一天,我吮着手指头看完邻居吃肉,问妈妈:"邻居家的桌子上为什么每天都有肉吃?"妈妈没有回答。过了一会儿她问我:"今晚你想不想吃肉啊?"我说:"想,做梦都想。"妈妈说:"好吧,你跟我走。"

妈妈带我来到一个工地上,她向工头要了一截土方,对我说:"挖吧,挖完了就有肉吃了。"我只挖了一会儿,手就软了,还磨起了水泡，妈妈说："得1元了，接着挖吧！"我又支撑了一会儿，终于挖不动了。我说："妈妈，这太辛苦了。"妈妈说"歇一下吧"，我就歇着，而妈妈却一直不停地干。就这样，我歇一会儿，干一会儿，而妈妈却在不停地干。我记得那天天不热，妈妈的衣服却湿透了。我试探着说："妈妈，我们不吃肉了。"妈妈却说："不下苦力气，哪得世间钱。"

一天下来，我们终于把画着白灰线的土挖完了。妈妈从工头那里得到了10元钱。我累得走不动路了。妈妈背上我，到集市买了3元钱的鱼，4元钱的肉，3元钱的酱油、醋和盐。

晚上，我家的桌子上终于摆上了香喷喷的肉，弟弟妹妹们吃得香极了。妈妈对我说："这回你终于知道邻居家为什么经常吃肉了吧？"妈妈又说："这也是吃苦，孩子你记住。"我的心一颤，哭了。

另一扇梦想之门

勇敢地面对逆境,即使不能实现最初的梦想,也要打开另一扇梦想之门。

撰文/张莉莉

每年五月,是英国著名的圣劳伦斯美术学院的入学考试时间。来到这里的考生,都怀揣着一个关于绘画的彩色梦想,而圣劳伦斯则是他们梦想得以实现的重要桥梁。

在画室里,担任考官的油画系教授威尔斯特意停留在一个名叫杰克的男孩身边,这时,男孩桌上一些特别的颜料引起了他的注意。

那颜料不同于市面上出售的,每个表明颜料颜色的包装都被拆掉了,而被贴上了写有颜色名称的标签。更不可思议的是,在杰克半掩着的颜料箱里,有一张写得密密麻麻的小纸条。

威尔斯仔细地盯着纸条,才看清楚了上面的内容:苹果是红色的,梨子是明黄色的……威尔斯纳闷地抬起头，看着正在画画的杰克。这是他昨天发现的最有潜力的学生，素描作品完成得非常出色。他作画的时候，眼睛里还放射着光芒！然而今天，他的表情凝重，眼神如死灰般黯淡。完全判若两人！威尔斯在考生中来来回回地走了数次，突然想明白了什么。

几周后，圣劳伦斯美术学院的网站上公布了新生录取名单。忙碌了一天的威尔斯离开学校时，在校门口看到杰克，他站在录取名单前，眼神中满是失落。

威尔斯上前做了一番自我介绍，对沮丧的杰克说："跟我来，小伙子。"不等杰克回答，威尔斯用手揽住了他的肩膀，像揽住自己的孩子一般。

杰克被威尔斯拉到一个小型车间似的地方。门被打开的一刹那，杰克突然怔住了，这里面简直就是个小型美术馆，到处都是绘画和雕塑作品，而且都是上乘之作。他呆呆地站在门口好一会儿，直到威尔斯叫了他两三次才应声走进去。

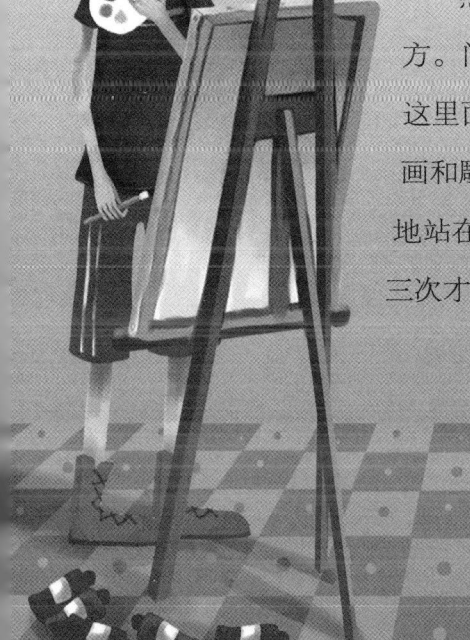

威尔斯笑了笑，问杰克为什么喜欢画画。杰克便滔滔不绝地讲了起来。他谈起举世闻名的绘画大师，谈论他们的绘画风格，出神入化的色彩运用……谈着谈着，他却越来越没了精神，他觉得自己就像是背书一样，背着那些从绘画典籍中看来的关于色彩的评说。他低着头，泪水一滴滴掉落下来。

威尔斯走到杰克身边，说："知道吗？杰克，曾经，我最大的梦想并不是成为画家，而是站在篮球场上，做一名职业球员。"

"那你为什么没选择篮球？"杰克擦了擦泪水，问道。威尔斯把脸转向杰克，接着他轻轻地卷起左腿的裤管。杰克惊讶极了，威尔斯的左小腿竟然是假肢！

"每个人都有一个最初的梦想，但因为各种原因，有可能失去或者根本就不具备完成这个梦想的能力。无论如何，我们都要坦然面对，积极努力，即使不能实现最初的梦想，也要打开另一扇梦想之门。"说完，威尔斯拿起一块手帕蒙住杰克的眼睛，把一个石膏像放到杰克的手里，接着说："色彩虽然千

变万化，但不是绘画艺术的全部，除了鼻子上的眼睛，画家的双手也是另一双眼睛。为什么不试试用双手'看'色彩？"

那天之后，威尔斯再也没有见过杰克。直到六年后的一天，威尔斯在报纸上看到一则关于巴黎现代艺术作品展的报道，文中写着："年轻的雕塑家曾经因为色盲症而无法考取著名的美术学院，但在一名导师的启迪下，他用自己的双手代替无法辨别颜色的眼睛，在雕塑界一举成名。他非常感激这位给了自己方向的导师，虽然这位导师没有给他上过一堂绘画课，但却为他的梦想之门打造了一把宝贵的钥匙……"

威尔斯的眼睛模糊了，他抬起头，在弥漫的泪光中，一个瘦瘦高高的身影正朝他走来……

另一种成功

微笑着面对逆境,为理想而付出生命,谁能说这不是另一种意义上的成功?

撰文/刘永隆

14岁的吉姆天生就是一个顶尖的运动好手,他从小就梦想成为一名足球健将。然而他在刚入中学不久就得了癌症,后来,他在手术中失去了一条腿。出院后,他没有像人们担心的那样一蹶不振,相反,他挂着拐杖马上回到了学校。

足球赛季一开始,吉姆就去找教练,要求当足球队的管理员。在练球的几个星期中,他每天都带着教练训练攻守的沙盘模型准时到球场。

有一天下午,吉姆没来参加训练,教练非常着急,后来才知道他又进医院做检查了,并且病情恶化。医生说吉姆只能活几个月了。

可是,吉姆没有住院而是回到了球场,带着笑容来看他的队友和教练，给他们加油鼓劲儿。正是被他的精神所鼓舞，球队在整个赛季中都保持着不败记录，最终夺冠。他们决定送一个有全队球员签名的足球给吉姆，可是直到两天后，他们才看见吉姆的身影。原来，吉姆病情危重，经过紧急抢救才脱离了危险。

一位队员拿出要送给他的足球，对他说："吉姆，要不是你，我们不可能取得这样好的成绩。"吉姆激动得流下了泪水。当听着教练和队员讨论下个赛季的计划时，吉姆又一次流泪了，因为他知道自己可能再也看不到球队夺冠了。

吉姆离开球场时，回过头，以坚定而又冷静的目光看着教练和队友说，"别替我担心，我不会有事的。"

两天后，球队接到了吉姆去世的消息。

虽然吉姆的生命如此短暂，但他却把勇气与欢笑永远地留在了人们的心里。吉姆没有参与争夺足球冠军，可是谁能说他不是冠军呢？

溜冰的启示

漫漫的人生路上，我们只有自强、自立，才能够找到属于自己的幸福。

撰文/罗兰

从前，有一位体育老师教我们溜冰。开始时，我不知道技巧，总是跌倒，所以他给我一把椅子，让我推着椅子溜。

果然，此法甚妙，因椅子稳当，可以使我站在冰上如站在平地上一般不再跌跤。

我想，椅子真是好。于是，我一直推着椅子溜。

溜了大约一星期之久，有一天，老师来到冰场，一看我还在那里推椅子！这回他走上冰面来，一言不发，将椅子从我手中搬走。

失去椅子的我不觉惊惶大叫，脚下不稳，跌倒了，嚷着要那椅子。

老师在一旁看着我叫嚷，却无动于衷。我只得自己爬起来，站稳脚步。

　　这才发现，学溜冰这样久，椅子帮了我许多。但推椅子只是一个过程，真要学会溜冰，非得把椅子拿开不可——没有人带着椅子溜冰，是不是？

　　别人可以在必要时扶你一把，但他不能变成你的一部分来永远支持你。世上没有人可以支持你一生！所以还是拿出力量来，坚强独立，自强不息！

埋葬"我不能"启示

要想在人生舞台上尽情地展现自己的才华，就得对自己说："我能行！"

撰文/魏信德

唐娜是美国密歇根州一个小镇上的小学教师。一天上课，她要求全班同学把"我不能……"写出来，诸如"我不能做三位数以上除法"、"我不能聚精会神地听课"……她也跟同学一样在纸上写。

大约过了15分钟，大部分同学已经写满了一整张纸，然后他们按顺序来到老师的讲台前，把纸投进一个空的鞋盒里。

等所有同学的纸都投完以后，唐娜老师把自己的纸也投了进去。然后她拿着盖好的盒子，领同学走出教室，来到运动场最边远的角落，开始挖起坑来。同学们你一锹我一锹地轮流挖着，10分钟后，一个3英尺深的洞就挖好了。他们将盒子放进坑里，用泥土把盒子完全覆盖上，再将坑填满。这样，每个人所有"不能做到"的事情就都被深深地埋在了这个"墓穴"里。

唐娜老师注视着围绕在这块"墓地"周围31个10多岁的学生，严肃地说："孩子们，现在请你们手拉着手，低下头，我们准备默哀。"

同学们很快互相拉着手，在"墓地"四周围成了一个圆圈，然后都低下头来静静等待着。

"朋友们，今天我很荣幸能够邀请到你们前来参加'我不能'先生的葬礼。"唐娜老师庄重地念着悼词，"'我不能'先生在世时，曾经与我们朝夕相处，您影响着、改变着我们每个人的生活，有时甚至比任何人对我们的影响都要深刻得多。现在，我们已经把'我不能'先生您安葬在了这里，希望您能够安息。同时，我们更希望您的兄弟姐妹'我愿意'，还有'我立刻就去做'等等能够继承您的事业。

"愿'我不能'先生安息吧，也祝愿我们每一个人都能够振奋精神，勇往直前！阿门！"

接下来，唐娜老师带着学生又回到了教室。大家一起吃着饼干，喝着果汁，庆祝他们解开了"我不能"这个心结。

是的，人的成功就是从告别"我不能"开始的。

买件红外套穿

要想让别人注意到你，必须使自己成为最出色的那一个。

撰文/佚名

有一个衣衫褴褛、满身补丁的男孩子，名叫查理。他跑到建筑工地上，来到一个衣着光鲜、叼着雪茄的男人面前，诚恳地问："您能不能告诉我，我要怎样做才能使自己长大后变得像您一样有钱？"

这个男人就是工地的建筑商。他看着男孩，慢慢地吐出一口烟雾，回答道："小伙子，回去买件红外套，然后在工作中拼命地干。"

看到男孩一脸困惑的样子，他又吐了一口烟，接着说："你看到那边在脚手架上工作的人了吗？他们看上去是不是全都一模一样？我根本不可能把这些工人的名字全都记住，也记不住他们的样子。"

"但是，"他接着说，"能让一个老板记住的员工靠的就是他的工作。你仔细看那边，有一个穿红外套的工人，他的脸也晒得红红的。我格外注意他，因为他似乎总是比别人更卖力，做得更带劲。"

建筑商继续说："每天早上，他总是比大家来得早那么一点；每天下班，他似乎又总是走得晚一点。因为他的那件红外套和他的工作表现，所以我一下子就能把他认出来。"

"现在，我准备找一个在工地上负责的监工，由于他给我留下的印象深刻，我已经决定由他来担任。"建筑商深深地吸了一口雪茄，"而且，如果他表现出色，我还会把更重要的事情交给他做。如果他继续努力，他就会成为一个有钱人。"

"小伙子，其实这也是我成功的过程，"建筑商的眼睛望着不远处的高楼大厦，"当年，我卖力地工作，发誓要成为我周围所有人中最好的。而且，如果我和大家一样也穿白色衬衫，可能就没人注意到我了，所以我天天穿红色外套，同时加倍努力。不久老板就注意到了我，让我当他的副手。后来我努力存钱，学习投资，自己就成了老板。"

麦当劳的礼物

每个孩子都欠着父母一笔债，这笔债永远也还不清，而父母也永远不会索取。

撰文/叶倾城

大一圣诞节前的那个周末，我回了家，喝着妈妈特地给我煨的排骨汤，我心里一直犹豫：该不该向妈妈要这笔钱呢？

爸爸去得早，和妈妈相依为命的这段日子，仿佛燕子失巢，风雨总来得格外急躁。自小我便看惯了妈妈的操劳，从不曾向她要过零花钱。可是，这次是不同的，因为朱樱。

可是该怎么向妈妈开口呢？最近这几年，妈妈的厂子效益一直不好，我还记得拿到大学录取通知书的那天，为了筹措学费，妈妈的鬓边急速地漫上了星星白发。

滚烫的汤哽咽在我喉间，我反复思量着，室内满满的，全是我喝汤

的声音。妈妈坐在对面，静静地看着我，忽然说："前两天，厂里开了会，说要下岗一批人。"

我猛抬头，嘴里的排骨"当"的一声直坠进碗里，油汤四溅，我恍若未觉，失声道："妈，你下岗了？"我霍然站起，惊恐地盯着妈的脸。妈妈一愣，然后笑了，笑容里是无限的疼惜与爱怜："看你吓得，我说要下岗一批人，又不是说我，妈干得好好的！"我这才松了一口气，咬咬嘴唇一口气说出来："妈，下学期要实习，学校要交200元钱的材料费。"

妈妈"啊"了一声，有明显的失望意味："又要交钱……"我不敢看她的眼睛："要不然，我跟老师说……"妈妈已经转过身，拉开了抽屉："我给你两张100的，路上好拿。"

妈妈找了半天，也只找出了一张100的，一张50的，其余都是10元的。她把每一张钱的纸角都压平，仔细地数了好几遍，才把钱理好给我。

我心中狂喜，却装着若无其事。稍后，我便离开家，飞奔着，越跑

越急，想立刻飞到朱樱的身旁。

圣诞节的黄昏，下了雪。麦当劳里人山人海。我们等了好久，才有一桌人起身，我一个箭步冲上去，抢到座位。朱樱伸手招呼："小姐，清一下台子。"

一个女服务员疾步走过来，远远地，只见她单薄的身影，走路时上身稍稍地前倾，竟是十分熟悉。她走到我们面前，我顷刻间呆住了：妈妈！

然而，妈妈啥也没说，只是低下头去，利索地收拾桌上的残杯剩盘。

我想喊她，可也许是因为震惊，也许是因为周围喧嚣的人流，也许只是因为朱樱，我竟一个字也说不出口。只是愣愣地看着她。

妈妈再没看我一眼，径直到邻台清理。她把废物倒进垃圾桶时，停了停，伸手擦了擦额头，当她再一次从我身边走过时，在她的手臂上，那像烙痕一样清晰的，分明是一道泪痕……

那个周末的晚上，妈妈是不是本来准备告诉我她下岗的消息？是什么让她改了口，是不忍见我那一刻的紧张与焦灼吗？于是决定，将一切的痛苦咬碎了吞下，然后独自面对生命中所有不能回避的关口。我紧紧地握住袋中的纸币，第一次真正知道了钱的份量。

在成长中，我记得的事，像旋风一样涌上来又翻下去，我竟不能止住自己的泪。泪光里我看见朱樱，她文静的眉眼、精美的皮衣衬出她的玲珑腰身，忽然知道：对于我来说，爱情是太奢侈的游戏……

大二的时候，我把一叠钱放在妈妈的面前，说："有我的奖学金，也有我当家教、打工的钱，妈，下个学期的学费我自己付，你以后不要那么辛苦了。"

妈妈久久地看着那些钱，双手突然蒙住了脸。她，哭了。

没有人能独自成功

每个成功者的身后，都可以找到一双双关心与爱护的手。

撰文/李建文

15世纪，在纽伦堡附近的一个小村子里住着一户人家，家里有18个孩子。光是为了糊口，一家之主、当金匠的父亲丢勒几乎每天都要干上18个小时——或者在他的作坊，或者给他的邻居打零工。

尽管家境如此困苦，但丢勒家年长的两兄弟都梦想当艺术家。不过他们很清楚，父亲在经济上绝无能力把他们中的任何一人送到纽伦堡的艺术学院去学习。

经过夜晚床头无数次的私议之后，他们最后议定掷硬币——输者要到附近的矿井下矿四年，用自己的收入供兄弟到纽伦堡上学；而胜者就在纽伦堡就学四年，然后用出卖作品的收入再支持兄弟上学。

掷硬币的结果是，阿尔布列希特·丢勒赢了，于是他离家到纽伦堡上学，而艾伯特则下到危险的矿井赚钱。

阿尔布列希特在学院很快便引起了人们的关注，他的铜版画、木刻、油画远远超过了他的教授的水平。毕业时，他的收入已经相当可观。

当年轻的画家回到村里，全村人在草坪上祝贺他衣锦还乡。音乐和笑声伴随着这顿长长的、值得纪念的会餐。席间，阿尔布列希特起身向艾伯特敬酒，感谢他多年来的牺牲使自己得以实现理想。"现在，艾伯特，你可以去纽伦堡实现你的梦想了。"艾伯特坐在那里，泪水从他苍白的脸颊流下，他摇头说："不，兄弟……这对我来说已经太迟了。看……看一看四年的矿工生活使我的手发生了多大的变化！每根指骨都至少遭到一次骨折，而且近来我的右手被关节炎折磨得甚至不能握住酒杯来回敬你，更不要说用笔画出精致的线条。"

为了报答艾伯特，阿尔布列希特·丢勒苦心画下了他兄弟那双饱经磨难的手，细细的手指伸向天空。他把这幅动人心弦的画简单地命名为《手》。这幅动人的作品提醒人们，没有人——永远也不会有人能独自取得成功。

每一个脚印都是你自己走的

在人生的旅途中,父母只能陪伴你一程,更多的艰难险阻需要你自己去克服。

撰文/陈文海

6岁那年,他得了一种怪病——肌肉萎缩,走路时两腿无力,常常跌倒,行走非常困难。他在各大小医院诊断的结果惊人的一致:重症肌无力。

他的生活从此变得不同于常人。

上小学了,他很苦恼。他家离学校很近,正常孩子10多分钟便能走完的路程,他却要花费几倍的时间才能到达。

9岁那年冬天的一个下午,天气骤变,雪花飞舞,到放学时,路上已是厚厚的一层积雪。很多家长都赶到学校来接孩子。他想自己腿脚不方便,雪又这么大,爸妈一定会来接的。他站在校门口,等着,直到别的

孩子都被家长接走了，也未见到自己的父母。他的焦急变成了伤心：爸爸妈妈为什么不疼爱我？工作再忙也应该想到我呀？泪水在他的脸上尽情地流。终于，他吸了一口气，咬咬牙，迎着暮色踏上了返家的路。这一段路途走得实在艰难，不知摔了多少跟头，也不知走了多长时间。委屈、恐慌、愤怒交织在一起。那一刻，他恨极了父母。

终于，他蹒跚到了家门口。让他没想到的是，眼含热泪的爸爸急忙跑过来为他开了门。随后，他那掩面痛哭的妈妈一下子扑上来，紧紧地、紧紧地抱住了他。一家人哭成一团。许久，哭红眼睛的妈妈无比怜爱地摸着他的头，对他说，"孩子，你回头看一看，那路上的每一个脚印都是你自己走的。今天，爸爸妈妈真为你感到骄傲与自豪！……在以后的生活中，你肯定还会遇到许许多多的困难，如果都能像今天这样顽强，那你将是最有出息的孩子。"

他是我的学生，告诉我这件事的时候，他已是个14岁的少年，须借助拐杖走路，但他很乐观。他说，永远忘不了那个冬天傍晚的一幕，永远记得妈妈跟他讲的话——"每一个脚印都是你自己走的"。

美好生活从选定方向开始

真正的人生之旅，是从设定目标的那一天开始的。

撰文/佚名

比塞尔是西撒哈拉沙漠中的一颗明珠，每年都有数以万计的旅游者来到这儿。可是在肯·莱文发现它之前，这里还是一个封闭落后的地方。这儿的人没有一个走出过大漠，据说不是他们不愿离开这块贫瘠的土地，而是尝试过很多次都没有走出去。

肯·莱文当然不相信这种说法，他做了一次试验，从比塞尔村向北走，结果三天半就走了出来。比塞尔人为什么走不出来呢？肯·莱文非常纳闷，最后他只得雇一个比塞尔人，让他带路，看看到底是什么原因。

十天过去了，他们走了大约800英里的路程，第十一天的早晨，他们果然又回到了比塞尔。这一次，肯·莱文终于明白了，比塞尔人之所以走不出大漠，是因为他们根本就不认识北斗星。

在一望无际的沙漠里，一个人如果仅凭着感觉往前走，他会走出许多大小不一的圆圈，最后的足迹十有八九是一把卷尺的形状。比塞尔村处在浩瀚的沙漠中间，方圆上千英里都没有一个参照物，若不认识北斗星又没有指南针，想走出沙漠，确实是不可能的。

肯·莱文在离开比塞尔时，带了一位叫阿古特尔的青年，就是上次和他合作的人。他告诉这位青年，只要你白天休息，夜晚朝着北面那颗星走，就能走出沙漠。阿古特尔照着去做，三天之后果然来到了大漠的边缘。后来他把外面的人带进来，把里面的人带出去。多年以后，比塞尔成了一个远近闻名的旅游胜地。阿古特尔因此也成为了比塞尔的开拓者，他的铜像被竖立在小城的中央。铜像的底座上刻着一行字：新生活是从选定方向开始的。

梦想的价值

人因梦想而改变，因改变而成功。

撰文/里基·C.亨里

从小到大，我家里一直很穷，但我是快乐而有朝气的。我知道一个人不论多穷，他仍然可以有自己的梦想。我的梦想就是运动。在16岁的时候，我扔出的快球速度就能达到每小时90公里，并且能撞在足球场上任何一件移动着的东西上。我高中时的教练是奥利·贾维斯，他不仅相信我，而且还教我拥有一个梦想和足够的自信会使自己的生活有怎样的不同！

那是在我从初年级升入高年级的夏天，一个朋友推荐我去做一份暑期工。这意味着我的口袋里将会有钱了，一有钱就可以和女孩子约会，还可以为我母亲买一座房子做准备。我高兴得跳了起来。

可是，如果我去做这份工作，就必须放弃暑假的棒球运动。当我把这件事告诉贾维斯教练的时候,他像我预料的一样生气了。"你还有一生的时间可以去工作,"他说,"但是,你练球的日子是有限的。"

我低着头站在他面前,努力想向他解释,为了那个替我妈妈买一座房子和口袋里有钱的梦想。

"你做这份工作能挣多少钱,孩子?"他问道。

"每小时3.25美元。"

他又问:"你认为,一个梦想就值每小时3.25美元吗?"

这个问题,简单得不能再简单了,它赤裸裸地摆在我的面前,让我看到了立刻能得到某些东西和树立一个目标之间的不同之处。那年暑假,我全身心地投入到运动中去,同一年我被匹兹堡海盗队挑选去做队员,并与他们签订了一份2万美元的合同。后来,我在亚历桑那州的州立大学里获得了足球奖学金,并获得了受教育的机会。1984年,我与丹佛的野马队签了170万美元的合同。我终于为母亲买了一座房子,实现了我的梦想!

命运是你写在脸上的表情

生活像一面镜子，你对它微笑，它必然回报你微笑。

撰文/黄小平

在瑞士的埃尔德集团公司门口，有一位9岁的小鞋匠。一日，公司总裁查菲尔和公司所有的业务代表走到公司门口时，总裁看到了小鞋匠，他走到小鞋匠跟前，请他擦鞋，并与小鞋匠聊了起来。

"你擦一次鞋赚多少钱？"查菲尔问。"擦一次5分钱，"小鞋匠高兴地回答，"但有的时候，我会得到一些小费。"

"你来之前是谁在这儿擦鞋？他为什么离开？"

"是一位叫比尔斯的男孩，他已经17岁了，我听说，他觉得擦鞋无法维持生活而离开了。"

"那你擦一次鞋只赚5分钱，有办法维持生活吗？"

"可以的,先生,我每个星期给我的妈妈10元钱,存5元钱到银行,剩下2元钱作零花钱。我想再干1年,就有足够的钱买辆脚踏车了。"小男孩一边卖力地擦着鞋,一边微笑着回答问题。

小男孩擦完鞋后,查菲尔给他5分钱,紧接着又掏出1元小费给了他。小男孩面露迷人的微笑,还是那样欢快地说:"谢谢你,先生。"

这时,查菲尔转过头来,对公司的业务代表说:"一个17岁的鞋匠在这里擦鞋无法维持生活,而一个9岁的小男孩除了维持生计外却还有节余,这是为什么呢?就是因为他们有着两张不同的脸。17岁的男孩看不到生活的希望,整日哭丧着脸,好像别人欠他似的,顾客当然不会给他小费。而这个9岁的小男孩,对生活充满了希望和信心,面对顾客总是脸带微笑,谁会忍心不给他回报呢?"查菲尔讲完,公司的业务代表恍然大悟,自己的推销业务不佳,正是因为没有把迷人的微笑和乐观的心态写在脸上。

受这个孩子的启发,所有的业务代表一改过去的消极心态,他们在推销产品的过程中,同时也把自己的真诚和微笑一同销售出去。从那以后,公司产品的销售量大增,埃尔德集团公司也从溃败的窘境中走出来,成为全球最大的收银机销售公司。

那袋沉沉的苹果

一件事情，只有亲自试一试，才知道它到底是难还是易。

撰文/周剑峰

那一年，我实在在那所师资与设备都很差的学校读不下去了，我想转学。可是家境贫寒，老实的父亲一点办法也没有，我决定自己试试。

这天，我瞒着父亲，揣着平时节省下的10元钱来到县一中大门外，向一位老同学打听情况。"很难，"那位同学说，"前几天我们班转来了一个人，听说是什么局长的女儿，请客送礼花了一千多元，校长才勉强答应试读半年。这年头，无'礼'寸步难行。"

我不知道自己是怎样走出校门的。捏着那10元钱，我来到候车室，在那儿坐了很久很久，耳畔老是回响着"无'礼'寸步难行"这句话。也许，我应该买一份礼物送给校长？想来想去，我最终用那10元钱，买了10斤鲜红的苹果。

我拎着那袋苹果,加快了脚步往前走。突然,"嘶"的一声,袋子胀破了,早已挤得透不过气的满袋苹果争先恐后地滚了出来,爬得满街都是……来不及停下的车辆呼啸而过,苹果汁水四溅。我懒得去看去捡,只是呆呆地站着,任泪水哗哗地流淌。

太阳快落山了,我擦干泪水,平静下来。反正我已一无所有了,无论如何,我得去试试。

照着同学给我的地址,我敲开了校长的门,说明来意。校长盯着我看了足足10秒钟,然后问:"就你一个人来的?"我点点头。

"嗯,有勇气,"校长把我让进屋里,"能吃得了苦吗?"

"怕吃苦我就不会来了。"我想对他说那袋沉沉的苹果,但最终还是没说出来。

"今年的会考都通过了吗?"

我拿出会考成绩单,那上面赫然写着四个"A"。

"好,来吧,我就偏爱刻苦聪明的孩子。"

我的心欢跳起来,那一瞬间,我几乎不敢相信自己的耳朵,不敢相信事情会这么顺利。

走出校长家门的时候,我暗暗庆幸刚才没提那袋沉沉的苹果。

你必有一样拿得出手

要想获得成功，必须肯专研。只要有一样能拿得出手，那么你就是成功的人。

撰文/林夕

我的一位商界朋友，四十五岁的时候，移民去了美国。

大凡去美国的人，都想早一点拿到绿卡。他到美国后三个月，就去移民局申请绿卡。一位比他早来美国的朋友好心地提醒他："你得耐心等。我申请快一年了，还没有批下来。"

他笑笑说："不需要那么久，三个月就可以了。"朋友用疑惑的目光看着他，以为他在开玩笑。

三个月后，他再次去移民局，得知自己获得了批准。很快，邮差给他送来了绿卡。朋友知道后，十分不解："你的年龄比我大，钱没有我多，申请比我晚，凭什么比我先拿到绿卡？"

他微微一笑，说："因为钱。"

"你来美国带了多少钱？"

"十万美元。"

"我带了一百万美元，为什么不给我批，反而给你批呢？"

"我的十万美元，在我到美国的三个月内，一部分用于消费，一部分用于投资，一直在使用和流动。这些在我交给移民局的税单上有显示。而你的钱一直存放在银行里，所以他们不批准你的申请。"

原来如此。

美国是一个十分注重效率和功利的国家，只要你对美国的社会经济发展有益，美国就能接纳你。在美国拿绿卡，只有两种人可以做到：一种是来美国投资或消费的人；还有一种，就是有技术专长的人。

这位商界朋友前不久回国，给我讲了一个他在美国移民局亲眼目睹的事情，使我更深刻地理解了美国。

他在移民局申请绿卡时，曾遇到过一位中年妇女，从她被晒成古铜色的皮肤看，可以断定她是一位户外工作者。出于好奇，他上前和她搭话，一问才知她来自中国北方的农村，因为女儿在美国，所以她才申请来美。她只读完了小学，连汉语的表达都不太好。

可就是这样一位只会用英语说"你好"、"再见"的中国农村妇女，也在申请绿卡。她申报的理由是有"技术专长"。

移民官看了看她的申请表，问她："你会什么？"她回答说："我会剪纸画。"说完，她从包里拿出一把剪刀，双手灵巧地在一张彩色亮纸上飞舞，不到三分钟，就剪出了一群栩栩如生的动物图案。

美国移民官瞪大眼睛，像看变戏法似的看着这些美丽的剪纸画，竖起大拇指，连声赞叹。这时，她从包里拿出一张报纸，说："这是中国的《农民日报》上刊登的我的剪纸画。"

美国移民官一边看，一边连连点头，说："OK。"

她就这么OK了，旁边和她一起申请而被拒绝的人又羡慕又嫉妒。

这就是美国。你可以不会管理，你可以不懂金融，你可以不会电脑，甚至你可以不会英语。但是，你不能什么都不会！你必须得会一样，并且要竭尽全力把它做到极限。这样，你就会永远OK了！

你尽力了吗

即使没有成功，但是你尽力了，你的人生也就没有遗憾。

撰文/若风尘

　　《美国偶像》是一个收视率很高的电视节目，成功地捧红了多名新人。

　　2005年1月30日晚上，这个现场直播节目出现了梳着老土的头发、长着大龅牙的华人参赛选手孔庆祥。这个11岁从香港移民到美国、现正在某大学读二年级的男孩演唱的是瑞奇·马汀的《She Bangs》，其演唱水平是空前的差劲：舞姿僵硬，英语错漏，旋律走调……没唱到一半，台下已笑成一片。

　　一位黑人评委用一张白纸遮掩着脸，肆无忌惮地狂笑。另一个评委、著名的电视人西蒙·科洛维尔忍无可忍，打断了孔庆祥的表演，问他：“你既不能唱，也不能跳，你来干什么呢？"

所有的人都惯常地等着孔庆祥狼狈不堪地逃脱，等待下一个爆发的狂笑。出乎意料的是，孔庆祥却十分平静地说：“我已经尽力了，所以完全没有遗憾。要知道，我并没有接受过任何专业训练。"说完，男孩镇定地向评委致谢，背着他的黄包走下舞台，像是一个赶着去学校的学生。

令人始料不及的是，孔庆祥一夜间成为美国人的偶像！

这个节目被传到多个国家和地区，无数的电视台、电台反复重播。他蹩脚的演唱进入音乐排行榜前十名，他带来的热潮甚至超过了大提琴演奏家马友友，实在令人费解，因而人们议论纷纷。最终，一位社会学家一语道破天机：美国之所以推崇这样的人，不是什么另类超前，而是他用自己的方式打动了美国。

"我已经尽力了，所以完全没有遗憾。"这是孔庆祥说过的一句话，话语里有一种来自心灵的坦诚，一种敢于表达的勇气。坦诚与勇气，足以打动任何人的心灵。

你就是自己的神

身处绝境,唯一可以帮助你的人是你自己。

撰文/李文乾

鲍尔士是18世纪俄国历史上最著名的一位探险家。1893年,他在位于北欧的斯堪的纳维亚半岛探险旅游时,遇到了瑞典探险家欧文·姆斯。两人决定一同沿北极圈进行一次考察和探险。

经过两年的精心准备,1895年春,他们从瑞典北部的城市约克奠克出发,一路向东行进。本来在冬季到来之前就能走完的一万五千多公里路程,他们却走了一年零三个月,原因是在翻越楚可奇山脉时,欧文·姆斯摔断了腿。然而最后,他们二人还是终于成功地返回了约克莫克。欧文·姆斯认为,没有鲍尔士的帮助,自己是无法完成这次旅行的,因而在临别时,欧文·姆斯再三地感谢鲍尔士在考察中给予他的关怀,并把自己珍藏的一块怀表送给鲍尔士作纪念。面对欧文·姆斯的盛情，鲍尔士回答说："绝境中真正帮助你的是你自己，你用一条腿翻过了最狭窄的山道。总之，我没给你任何真正意义上的支持，谈何感激呢？"

后来鲍尔士在致欧文·姆斯的一封信中又说："请你记住，在探险的道路上，你就是你自己的神，你就是你自己的命运。没有人能支配你，同时除了你自己之外，也没有人能哄骗你离开最后的成功。"

1902年，欧文·姆斯来到东方文明古国中国，他要独自一个人穿越号称"死亡之海"的塔克拉玛干大沙漠。很多人都认为他会被淹没在漫漫黄沙之中，但他却奇迹般地走了出来，成为世界上第一个活着走出塔克拉玛干大沙漠的探险者。

对此，许多研究者将其归结为欧文·姆斯口袋中满满的金币和一位叫库利奇的维吾尔人的帮助。我想，如果他们了解到欧文·姆斯那段北极圈探险的经历和鲍尔士对他说的不寻常的话语，就不会得出这个肤浅的结论了。

排在最后

有时排在最后，不是退缩，不是胆怯，而是一种智慧。

撰文/英涛

表弟没考上大学，他从老远的乡下来到城里，到一家装饰材料店做了不要工钱的学徒，很快就学会了鉴别各种装饰材料的优劣。同时，他又买了好几本有关家居装饰的书。我教会他使用电脑后，在我不写作时，他就用我的电脑学习做装饰设计方案。

一天，表弟看到全市最大的一家装饰公司要招聘人员的消息，在我的鼓动下，他就去应聘了。到了招聘现场一看，应聘人员的队伍排得老长老长，而且在闲谈中，表弟了解到那些应聘人员的最低学历都是大专，而自己要学历没学历，要工作经验没工作经验。表弟的心一下就凉了。思索了一会儿后，表弟干脆退出队伍，买了一份报纸，坐在不远的一条长椅上看起报来。等到他把报纸仔仔细细地看完时，就剩下两三个人排队了，他这才不紧不慢地走过去，排在了最后。

　　终于轮到他接受面试了。表弟一进去就说，先别问我的学历好吗？我绝对能胜任工作。不信，我演示给你看。说着，表弟就随手指着办公室的地板砖说出了它的优劣；又嗅了嗅门上包的板材，说这个产品不符合国家环保标准；敲了敲款式新颖的办公桌，说这是实木而不是压制材料做的。负责招聘的人说："奇了，不过你光会分辨材料还不够啊。"表弟说："你给我一套样板房的平面图，我现在就做出设计方案给你看。"招聘人员就在电脑上随便画出了一个平面图，表弟用了十几分钟就做出了一套设计方案。最后，没有学历也没学过什么专业的表弟被聘用了。

　　表弟说，如果他排在队伍中间，如果拿不出学历证明，招聘人员肯定二话不说就会淘汰他，让他后面的人接着考了。他特意排在最后，所以招聘人员才有可能给他时间，让他展现实际才能，他才能在看似没有一点希望的时候，为自己创造机会。

牌是上帝发的

牌是上帝发的，我们别无选择，我们能做的，就是想办法将手中的每张牌都打好。

撰文/杨协亮

艾森豪威尔是美国的第34任总统，他年轻时经常和家人一起玩纸牌。

一天晚饭后，他像往常一样和家人打牌。这一次，他的运气特别不好，每次抓到的都是很差的牌。开始时他只是有些抱怨，后来，他实在忍无可忍，便发起了少爷脾气。

一旁的母亲看不下去了，正色道："既然要打牌，你就必须用手中的牌打下去，不管牌是好是坏。好运气是不可能每次都让你碰上的。"

艾森豪威尔听不进去，依然忿忿不平。于是母亲又说："人生就和这打牌一样，发牌的是上帝。不管你名下的牌是好是坏，你都必须拿着，你都必须面对。你能做的，就是让浮躁的心平静下来，然后认真对待，把自己的牌打好，力争达到最好的效果。这样打牌，这样对待人生才有意义！"

艾森豪威尔此后一直牢记母亲的话，并激励自己积极进取。就这样，他一步一个脚印地向前迈进，成为中校、盟军统帅，最后登上了美国总统之位。

上帝发的牌总是有好有坏，一味埋怨是没有半点儿用处的，也无法改变现状。印度前总理尼赫鲁也说过这样一句话："生活就像是玩扑克，发到的那手牌是定了的，但你的打法取决于自己的意志。"

一个人所处的环境靠个人也许无力改变，但如何适应环境则完全可以由自己决定的。人的一生难免会碰上许多问题，遇到不少挫折，怨天尤人解决不了任何问题。积极调整好生活态度，勇敢地迎接人生的挑战，并尽最大努力去做好每一件事，这才是最佳的选择。

勤奋、智慧的人

用勤奋实现梦想，用智慧成就人生。

撰文/佚名

约翰·希顿出生于金斯敦的一个穷苦人家，幼年时几乎没有受过什么学校教育，经常衣食无着，四处游荡。

为了讨一口饭吃，他不得不在叔叔开的一个小饭馆里干活。他把酒装进瓶子里，把瓶塞好，然后把瓶子装到箱子里。这样的活他一连干了5年。由于他的身体日渐衰弱，人也变得有气无力，他的叔叔便把他赶出了店门，他又开始四处流浪。在此后的7年里，希顿饱尝了世态炎凉、人情冷暖。

后来他徒步来到了巴思，被雇为酿酒工。不久他又回到了首都伦敦，这时他已身无分文，连鞋子和衬衫都没有。还好，他有幸在一家餐馆找到

了一份工作，这一份工作要求他得从早上7点到晚上11点待在地窖里。

他很庆幸找到了这份"美差"，但长期禁闭在地窖里，加上繁重的工作，他的身体垮了下来，最后他丢掉了这个能勉强维持生计的饭碗。

不久，他又从事代理人的工作，每周赚15先令的薪水。工作之余，他把闲暇时间都用来逛书店。他买不起书，只能站在那里学习，一段一段地做着记录。

长年累月，他积累了深厚的文学知识。后来他从事另一份工作，每周可获得20先令的"丰厚报酬"——这只是对他而言。他仍然埋头学习、研究。在28岁那年，他写了一本《熙泽奇遇》，并得以发表。

从那时起一直到死，在漫长的55年中，希顿一直辛勤地从事文学创作。他发表的著作有87部之多，最重要的著作是《英格兰大教堂古迹》。该著作共计14卷，是一部光彩夺目的辉煌之作，也是约翰·希顿勤劳而辛酸的一生的纪念碑。这块碑上写有4个字：勤奋、智慧。

人生开关

人生的道路上面临许多选择，不同的选择带来不同的人生。

撰文/淑珍

我小时候家里很穷，那年考上了大学，却没有钱去上学。

唯一能来钱的路子是上山砍柴。附近有一座矿山，矿上每天要烧很多柴，民工们从山上砍柴，挑到公路边，由矿上派人来收购，用车拉走。我也加入了砍柴民工的队伍。

我力气小，砍柴很慢，以这样的速度，只怕是夜里不睡觉也挣不够上学的钱。后来，矿上来收柴的张叔知道我缺钱上学，便让我替他过磅记数，由矿上开工资。过了几天，和我一起来砍柴的大毛悄悄跟我说："给我多记一点，我拿了钱分给你一半。"

张叔是按我记的数字给民工发钱的，只要笔下轻轻一画，不出力不流汗就能来钱，天底下原来还有这样便宜的事！不过，张叔会不会发现呢？大毛说："不会。柴是一车车拉走的，少个三五百斤谁也不会知道。"就算没人知道，但我这么做，对得住张叔吗？大毛说："咳！你真是的，柴是公家的，又不是张家的，有什么对得住对不住的？"

我差不多被他说得心动了，但总觉得有些不踏实。我把这事说给我娘听，娘听了坚决反对，她说："吃了不该吃的会拉肚子的。"我听了娘的话，后来就没有理会大毛。

那年我挣够了上学的钱，踏进了大学的门槛，毕业后有了一份我喜欢的工作。从此，我的人生道路很顺畅。

早些时候，我回家探亲，见到张叔。提起那段旧事，我问他："假如我那时虚报冒领，会怎么样？"张叔说："你要是想昧心多拿一点，最后会连一点也拿不到。"他告诉我，柴拉回矿里，他中间抽检过几次，没有发现差错。我吃了一惊：幸好当初没有受大毛的蛊惑，不然的话，我此后的人生道路会是什么样子呢？

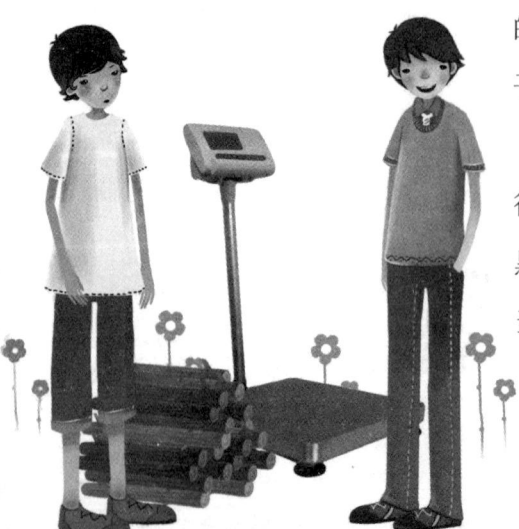

一位先哲说过，人生的道路上有很多开关，轻轻一按，便会把人带进黑暗或光明的境界。这话我信，因为当年在那座大山脚下的公路边，我接触过一个这样的开关。

如何面对不及格

考试不及格可以重来，而人生中有些遗憾却无法弥补。

撰文/佚名

坎贝尔教授曾给毕业班的一个学生的成绩打了个不及格，这个打击实在很大。因为那个学生早已做好毕业后的各种计划，现在不得不取消，真的很难堪。他只有两条路可走：第一是重修，下年度毕业时再拿学位；第二是不要学位，一走了之。

于是，这名学生找到坎贝尔，希望可以挽回。当坎贝尔说他的成绩太差时，这位学生自己也承认对这一科下的功夫不够。

"但是，"他继续说，"我过去的成绩都在中等水平以上，你能不能通融一下，重新考虑呢？"坎贝尔明确表示办不到，因为这个成绩是经过多次评估才决定的。坎贝尔又提醒他，学籍法禁止教授以任何理由更改已经送交教务处的成绩单，除非这个错误确实是由教授造成的。

知道真的不能改以后，这位学生显然很生气。"教授，"他说，"我可以随便举出本市50个没有修过这门课照样成功的人。你这科有什么了不起？干吗让我因为这一科就拿不到学位？"

坎贝尔静默了大约45秒钟，才温和地说："你说的大部分都很对，确实有许多名人几乎不知道这一科的内容。你将来很可能不用这门课中的知识就获得成功，但是你对这门课的态度却对你大有影响。"

"你是什么意思？"学生反问道。 坎贝尔说："我了解你的感觉，我也不会怪你，但是请你用积极的态度来面对这件事吧。如果不培养积极的心态，根本做不成任何事。请你记住这个教训。"

几天以后，坎贝尔知道这位学生又去重修时，真的非常高兴。一年后，那名学生取得了优异的成绩。过了不久，他特地向坎贝尔致谢。

"这次不及格真的使我受益无穷，"他说，"看起来可能有点奇怪，我甚至庆幸那次没有通过。"

如何"弄"钱

仅有目标是不够的,还必须找到实现目标的正确方法。

撰文/佚名

两个9岁的男孩——艾伯特和迈克很想赚钱,可想来想去,他们认为社会上的确没有什么工作可以提供给像他们这样大的孩子。冥思苦想之后,他们自以为找到了"最好"、"最快"、"最可靠"的赚钱方法。

接下来的几个星期,艾伯特和迈克跑遍了邻近的各户人家,敲开他们的门,问他们是否愿意把用过的牙膏皮攒下来送给他们。迷惑不解的大人们都微笑着答应了。

几星期后,他们已经攒了相当多的牙膏皮,他们决定把这些牙膏皮"变"成钱。他们在公路边合力"安装"了一条生产线,还邀请艾伯特的爸爸前来参观。

艾伯特的爸爸小心地走过来。他看见一个钢壶架在炭上，里面的铝质废牙膏正在熔化。当铝皮被烧融时，艾伯特和迈克就小心地把熔液从牛奶盒顶的小孔注入牛奶盒里。最后，当熔液全部倒入石灰模后，艾伯特放下钢壶，向爸爸绽开了笑脸。

艾伯特的爸爸好奇地问："这石灰模子里面是什么东西？"艾伯特说："看，这是已经铸好的一炉。"说着，他用小锤敲开密封物，并把模子分成两半，他小心地抽掉石灰模的上半部，一个铝质的五分硬币便掉出来。

"噢，天啊，"艾伯特的爸爸惊叫起来，下意识地用手摸额头，"你们在做铝质硬币！"

迈克说："对啊，我们在自己挣钱呢。"

艾伯特的爸爸微笑着摇摇头。他严肃而又耐心地告诉孩子们，这样做是违法的。艾伯特和迈克听了，失望极了，他们默默地坐了20分钟，才沮丧地说："我们失败了，看来我们只能当穷人了。"

艾伯特的爸爸意味深长地说："不，孩子们，你们并没有失败。只要渴望成功，并且找到正确的途径，你们一定会成功的。"

三本记分册

有错误不要紧,关键是要有勇气承认错误,并改正错误。

撰文/M.左琴科

左琴科7岁就上学了。那时,老师每次提问学生都给他们打上分数,从5分到1分,并写在记分册上。

有一次,老师让他们背一首诗,左琴科没背出来,于是,老师在记分册上给他记了个1分。左琴科哭了,因为他还是第一次得1分。

课后,他的姐姐廖利亚来找他一起回家。看了他的记分册,她说:"左琴科,你语文竟然只得1分,真糟糕!马上就是你的生日,爸爸肯定不会送你照相机了。"左琴科说:"那可怎么办呢?"

廖利亚说:"干脆把记分册上有1分的那一页和另一页粘在一起,这样爸爸就不会看到那个分数了。"左琴科说:"廖利亚,这不好吧!"

廖利亚笑着回家了。左琴科忧心忡忡地来到市立公园，在长椅上坐了很久才回家。到家后他才发现记分册落在公园里的长凳上了，起先他很害怕，继而又高兴起来，因为这下他可没有记着1分的记分册了。

第二天，老师知道左琴科的记分册丢了，又给他发了一本新的。在语文栏内还是有个1分。左琴科气坏了，就把新的记分册往书柜后面一扔。

两天以后，老师又给他填了一份新的记分册，除了语文有个1分外，老师还在上面给左琴科的品行打了个2分。

左琴科实在怕将记分册给爸爸看，就把记分册上那倒霉的一页与另一页粘了起来。

晚上，爸爸正在看左琴科的记分册，看得正高兴，突然传来了门铃声。一位妇女走进来说她在公园里捡到了左琴科的记分册，特地送上门来。爸爸谢过她，打开那本记分册一看，一切都明白了。他轻轻地说："孩子，谎言迟早要被揭穿的。"

左琴科羞愧极了，低着头站在爸爸面前，将三本记分册的事全说出来了。爸爸没有生气，他说："你能把这件事老老实实说出来，这让我非常高兴。我相信，你再也不会撒谎。就为这一点，我要送给你一部照相机。"

善心可依

善心可依

做人要拥有一颗善心，要真诚而善良地对待他人。

撰文/佚名

我一直羞于让别人看见我和父亲在一起，因为我的父亲身材矮小，腿部有严重的残疾。当我们一起走路时，他总是挽着我以保持身体平衡，这时总招来一些异样的眼光，令我无地自容。

走路时，我们很难相互协调起来——他的步子慢慢腾腾，我的步子焦躁不安，所以一路上我们交谈得很少。但是每次出行前，他总是说："你走你的，我想法儿跟上你。"

我们常常往返于从家到他上班乘坐的地铁站的那段路上。他有病也要上班，哪怕天气恶劣。他从未误过一天工，就是在别人不能去的情况下，他也要设法去上班。

他从不说自己可怜，也从不嫉妒别人的幸运和能力。他所期望的是人家"善良的心"，他发现谁拥有这样的一颗心，谁就会友好地对待他。如今我已长大成人，我相信那是一个评判人的合适标准。

现在我知道，有一些事情他是通过我——他唯一的儿子来做的。当我打球时（尽管我打得很差），他也在"打球"。当我参加海军时，他也"参加"。当我回家休假时，他一定要让我去他的办公室，在介绍我时，他真真切切地说，"这是我儿子，但也是我自己，假如事情不是这样的话，我也会去参军的。"

父亲离开我们已经很多年了，但是我时常想起他。我不知道他是否意识到我曾经不愿意让人看到我和他走在一起的心理。假如他知道这一切，我现在感到很遗憾，因为我从没告诉过他我是多么愧疚、多么不孝、多么悔恨！

每当我为一些琐事而抱怨，为别人的好运而妒忌，为自己缺乏"善心"而自责，我就会想起父亲，仿佛听见他对我说："你走你的，我想法儿跟上你。"

上帝给他一只老鼠

人生需要耐心，需要勇气，需要激情，更需要信心……

撰文/汤潜夫

他是一位孤独的年轻画家，除了理想，他一无所有。

为了理想，他毅然出门远行，来到堪萨斯城谋生。历尽千辛万苦，他终于找到了一份工作，替教堂作画。可是报酬极低，他无力租用画室，只好借用一间废弃的车库作为临时办公室。他每天就在那间充满汽油味的车库里辛勤工作到深夜。没有比现在更艰苦的了，他想。

尤其令人烦恼的是，每次熄灯睡觉时，他就会听到老鼠吱吱的叫声和在地板上的跳跃声。为了第二天有充足的精力去工作，他忍受住了。

有一天，疲倦的画家抬起头来，刚好看见昏黄的灯光下有一只小老鼠。如果是在几年前，他会设计出种种计谋去捕杀这只老鼠，但是现在他无力这么做了。

　　从此，那只小老鼠一次次出现，不只是在夜里。他从来没有伤害过它，甚至连吓唬都没有。它在地板上表演精彩的杂技，而他作为唯一的观众，则奖给它一点点面包屑。老鼠先是离他较远，见他没有伤害它的意思，便一点点靠近。最后，老鼠竟然大胆地爬上他工作的画板，并在上面有节奏地跳跃。渐渐地，他们互相信任，彼此建立了友谊。

　　不久，年轻的画家离开了堪萨斯城，到好莱坞去制作一部以动物为题材的卡通片。不幸得很，他又失败了。一天夜里，潦倒不堪的他突然想起了堪萨斯城车库里的那只老鼠，灵感就在那个暗夜里闪了一道耀眼的光芒。他迅速爬了起来，拉开灯，支起画架，立刻画出了一只老鼠的轮廓。

　　有史以来，最伟大的动物卡通形象——米老鼠就这样诞生了。

　　这位年轻的画家就是后来风靡全球的米老鼠形象的创造者——沃尔特·迪斯尼先生。

"上铺"和"下铺"的故事

每个人身上都有闪光点,每个人都有值得你学习的地方。

撰文/西部阳光

进大学时,他们被分到同一间宿舍,一个睡上铺,一个睡下铺。

他们都有早起的习惯,不同的是,"上铺"起床后马上就会去学习;而"下铺"则会抽出10分钟时间来,把宿舍的全部水壶打满热水,扫完地、擦干净桌子再走。

他们都很热心。平时接听电话时,如果不是自己的,都会询问对方是否有什么事情需要转告,"上铺"记在头脑里;而"下铺"则会把要转告的事情记在一个专用的小本上,详细到了每个电话打来时是几点几分。

"上铺"聪明,会争分夺秒地学习,成绩很优秀;"下铺"尽管也很努力,然而成绩平平。于是,每个学期下来,授课的教授们都会记住

"上铺"，因为他好多功课都是满分，能够拿第一名；与此同时，教授们也会留意到"下铺"，因为他是全班130个人中唯一主动擦黑板的人，而且还经常在下课时，主动为教授们拉开门，让教授先走！

大三实习的时候，他们同去了一家著名的大公司，被分到了同一个小组。"上铺"表现很出色，他的一项技术改进，使该公司每个月都节省了数十万元的经费开支；"下铺"则像在学校一样，一直都表现平平。

毕业时，那家著名的公司来学校招聘，点名要走了"上铺"。而在最后的录取名单上，"上铺"看见"下铺"的名字紧随其后，他大感不解。

最后，在人事部经理的口中"上铺"得到了答案。"他的确在专业技术上没有你学得那么好，然而，我们早就注意到，实习的时候你们那个小组的日常生活都是他在安排，他能够把每个人的积极性都充分调动起来，说明他有良好的团队合作精神。我们这样一家大公司，一方面很需要你这样的专业人才，同时，我们也很需要像他那样的复合型管理人才。"

永远的一课

困难如弹簧，你弱它就强，你强它就弱。

撰文/佚名

那天的风雪真狂，外面像是有无数发疯的怪兽在呼啸厮打。雪恶狠狠地寻找袭击的对象，风呜咽着四处搜索，从屋顶看不见的缝隙鼠叫似的"吱吱"而入。大家都在喊冷，读书的心思似乎已被冻住了，只听见一屋的跺脚声。

鼻头红红的布鲁斯老师挤进教室时，等待了许久的风席卷而入，墙壁上的世界地图开玩笑似的卷向空中，又一个跟头栽了下来。

往日很温和的布鲁斯先生一反常态，满脸严肃甚至冷酷，一如室外的天气。

"请同学们放好书本，我们到操场上去。"

学生们都疑惑地看着他。

即使布鲁斯先生发出了"不上这堂课，永远别上我的课"的恐吓，还是有几个同学没有走出教室。操场在学校的东北角，北边是空旷的菜园，再往北是一口水塘。那天，操场、菜园和水塘被雪连成了一片白色。

矮了许多的篮球架被雪团打得"啪啪"作响，卷地而起的雪粒雪团呛得人睁不开眼张不开口。我们的脸上像是有无数把细窄的刀在拉在划，厚实的衣服像铁块冰块，脚像是踩在带冰碴的水里。同学们挤在教室的屋檐下，不肯迈向操场半步。

布鲁斯先生没有说什么，他脱下棉衣，毛衣刚脱一半，风雪便帮他脱下了另一半。"到操场上去，站好。"布鲁斯先生脸色苍白，一字一顿地对同学们说。

谁都没有吭声，同学们老老实实地到操场上排成了三列纵队。

削瘦的布鲁斯先生只穿了一件白衬衫，显得更加单薄。同学们规规矩矩地站立着。

五分钟过去了，布鲁斯先生平静地说："解散。"

回到教室，布鲁斯先生说："在教室里，我们都以为自己敌不过这场风雪。事实上，在外面站半个小时，你们也顶得住；即使只穿一件衬衫，你们仍然能顶得住。许多人拿着了放大镜面对困难，但如果与困难拼搏一番，你会发现，不过如此。"

出去了的同学们庆幸自己没有缩在教室里，在那个风雪交加的时候，在那个空旷的操场上，他们上了人生重要的一课。这一课，永远铭记于心。

用上所有的力量

有些时候向别人请求帮助,并不是一件坏事……但前提一定是你真的尽力了。

撰文/佚名

星期六上午,一个小男孩在他的玩具沙箱里玩耍。沙箱里有他的一些玩具小汽车、敞篷货车、塑料水桶和一把亮闪闪的塑料铲子。在松软的沙堆上修筑公路和隧道时,他在沙箱的中部发现了一块巨大的岩石。

小家伙开始挖掘岩石周围的沙子,企图把它从泥沙中弄出去。他是个很小的男孩,而岩石却相当巨大。他手脚并用,似乎没有费太大的力气,岩石便被他连推带滚地弄到了沙箱的边缘。不过,这时他才发现,他无法把岩石向上滚动、翻过沙箱边墙。

小男孩下定决心,手推、肩挤、左摇右晃,一次又一次地向岩石发

用上所有的力量

起攻击。可是，每当他觉得取得了一些进展的时候，岩石便滑脱了，重新掉进沙箱。

小男孩只得哼哼直叫，使出吃奶的力气猛推猛挤。但是，他得到的唯一回报便是岩石再次滚落回来，砸伤了他的手指。

最后，他伤心地哭了起来。这整个过程，男孩的父亲从起居室的窗户里看得一清二楚。当泪珠滚过孩子的脸庞时，父亲来到了跟前。

父亲的话温和而坚定："儿子，你为什么不用上所有的力量呢？"

垂头丧气的小男孩抽泣道："但是我已经用尽全力了，爸爸，我已经尽力了！我用尽了我所有的力量！"

"不对，儿子，"父亲说，"你并没有用尽你所有的力量。你没有请求我的帮助。"父亲弯腰将岩石抱出沙箱。

智者的建议

婉转、曲折地给人提忠告，或许更有效。

撰文/佚名

山顶上住着一位智者，他胡子雪白，谁也说不清他有多大年纪。

男女老少都很尊敬他，不管谁遇到大事小情，都来找他，请他提些忠告。

但智者总是笑眯眯地说："我能提什么忠告呢？"

这天，又有一个年轻人来请他提建议。

智者仍然婉言谢绝，但年轻人苦缠不放。

智者无奈，他拿来两根窄窄的木条，两撮钉子：一撮螺钉，一撮直钉。

另外，他还拿来一个榔头，一把钳子，一个改锥。

他先用榔头往木条上钉直钉，但是木条很硬，他费了好大的劲，也钉不进去，倒是把钉子砸弯了，不得不再换一颗。

一会儿功夫，好几颗钉子都被他砸弯了。

最后，他用钳子夹住钉子，用榔头使劲砸，钉子总算弯弯扭扭地进到木条里面去了。但他算是前功尽弃了，因为木条已裂成了两半。

智者又拿起螺钉、改锥和榔头，他把钉子往木板上轻轻一砸，然后拿起改锥拧了起来，没费多大力气，螺钉钻进木条里了，天衣无缝。

而他剩余的钉子，还是原来的那一撮直钉。

智者指着两块木板笑笑："忠言不必逆耳，良药不必苦口。人们津津乐道的逆耳忠言、苦口良药，其实都是笨人的笨办法。那么硬碰硬有什么好处呢？说的人生气，听的人上火，最后伤了和气，好心变成了冷漠，友谊变成了仇恨。我活了这么大，只有一条经验，那就是绝对不直接向任何人提忠告。当需要指出别人的错误时，我会像螺钉一样婉转曲折地表达自己的意见。"

年轻人恍然大悟。

图书在版编目（CIP）数据

感动男孩的100个成功故事：人生的舞台有多大 / 龚勋主编．—汕头：汕头大学出版社，2012.1（2021.6重印）
ISBN 978-7-5658-0539-4

Ⅰ．①感… Ⅱ．①龚… Ⅲ．①故事－作品集－世界 Ⅳ．①I14

中国版本图书馆CIP数据核字（2012）第008878号

人生的舞台有多大
感动男孩的100个成功故事
GANDONG NANHAI DE 100 GE CHENGGONG GUSHI RENSHENG DE WUTAI YOU DUODA

总策划	邢涛	印刷	唐山楠萍印务有限公司
主　编	龚勋	开本	705mm×960mm　1/16
责任编辑	胡开祥	印张	10
责任技编	黄东生	字数	150千字
出版发行	汕头大学出版社	版次	2012年1月第1版
	广东省汕头市大学路243号	印次	2021年6月第7次印刷
	汕头大学校园内	定价	34.00元
邮政编码	515063	书号	ISBN 978-7-5658-0539-4
电　话	0754-82904613		

● 版权所有，翻版必究　如发现印装质量问题，请与承印厂联系退换